# 水浒探秘

胡学健 著

宁波出版社
NINGBO PUBLISHING HOUSE

**图书在版编目（CIP）数据**

水浒探秘 / 胡学健著 . — 宁波 : 宁波出版社 , 2021.4
ISBN 978-7-5526-4239-1

Ⅰ . ①水 … Ⅱ . ①胡 … Ⅲ . ①《水浒》研究 Ⅳ .
① I207.412

中国版本图书馆 CIP 数据核字（2021）第 054657 号

# 水浒探秘

胡学健　著

| | |
|---|---|
| **出版发行** | 宁波出版社 |
| **地址邮编** | 宁波市甬江大道 1 号宁波书城 8 号楼 6 楼　315040 |
| **责任编辑** | 汪　婷 |
| **责任校对** | 尤佳敏 |
| **装帧设计** | 金字斋 |
| **印　　刷** | 宁波白云印刷有限公司 |
| **开　　本** | 889mm × 1194mm　1/32 |
| **印　　张** | 7.25 |
| **字　　数** | 140 千 |
| **版　　次** | 2021 年 4 月第 1 版 |
| **印　　次** | 2021 年 4 月第 1 次印刷 |
| **标准书号** | ISBN 978-7-5526-4239-1 |
| **定　　价** | 52.00 元 |

# 序

王剑波

学健的《水浒探秘》出版了，我为他高兴。

最早读到这本书的初稿，是在两年前。那时我刚从工作岗位上退下来，有了重拾写作爱好的想法，于是便申请了自己的公众号。学健是我公众号的热心读者，经常在推文下面留言，有时也就如何办好公众号帮着出一些主意。当我得知他手中有《水浒传》的阅读笔记，便要了过来在公众号上连续推送，前后长达一年半时间。后来他又在《宁波晚报》开设了《卤煮水浒》专栏，将公众号上的文章修改后陆续发表。

初读《水浒探秘》，我惊喜于学健对中国古典名著的挚爱与钻研。后来了解到，他在大学里读的是汉语言文学专业，学生时代就对元明清文学，尤其是《水浒传》产生了浓厚兴趣，做了许多读书笔记，读大三时就在学报上发表了研究《水浒传》的论文。

《水浒探秘》里的许多文章，就是在这些读书笔记的基础上，重新整理撰写而成的。

《水浒传》作为一部经典名著，解读和分析它的著作已经汗牛充栋。但正如莎士比亚所说的，"一千个读者就有一千个哈姆雷特"。莎翁这个论断的着眼点在于艺术接受的主体性，但不可否认的是，在莎翁的心里，却永远只有一个属于他的哈姆雷特。《水浒探秘》也是如此，它是属于学健的，与别人对《水浒传》的解读相比，诠释的是他自己的理解。

《水浒探秘》之所以值得一读，主要有这样三个特点：一是立足原著，条分缕析，通过细研文本，探源小说编写者的创作意图，而不是做天马行空、随意比附式的戏说，这为当下品读古典文学名著提供了一个新的视角。二是观点新颖，立论扎实，通过对小说情节的梳理和细节的分析，提出了许多独到的新观点、新见解，对读者更好地理解《水浒传》很有帮助。三是文笔流畅，选题精准，既注重理论把握，又讲究叙述到位，所以文章阅读的体验感很好。

在碎片化阅读盛行的当今，很有必要静下心来读一点经典。从这个角度来说，学健潜心研读《水浒传》更是值得赞许。据说他还有解读其他中国古典名著的想法，我对此充满期待。

（作者系中共宁波市委原常委、秘书长）

# 目　　录

# 有关生辰纲的重重迷雾

## 生辰纲的消息

智取生辰纲无疑是整部《水浒传》中一个非常精彩的故事。北京大名府留守司梁中书谋划给老丈人当朝太师蔡京送生辰纲,这件事看似精心准备,其实却迷雾重重。

那么,撩开这重重迷雾的面纱,我们将看到的是一个怎样的有关生辰纲的真相呢?

我们先来说说商议生辰纲的时间问题。小说中有关生辰纲的话题,第一次出现是在第十三回。时逢端午,梁中书与蔡夫人在后堂家宴,庆贺端阳。

酒过数巡,只听蔡夫人说道:"相公自从出身,今日为一统帅,掌握国家重任,这功名富贵从何而来?"

梁中书道:"世杰自幼读书,颇知经史,人非草木,岂不知泰山之恩,提携之力,感激不尽!"

蔡夫人道:"丈夫既知我父亲恩德,如何忘了他生辰?"

梁中书道："下官如何不记得，泰山是六月十五日生辰，已使人将十万贯收买金珠宝贝，送上京师庆寿。一月之前，干人都关领去了。现今九分齐备，数日之间，也待打点停当，差人起程。"

从小说的这处描写可以看出，梁中书同蔡夫人商议给蔡太师送生辰纲的事情，是在端午节的家宴上。蔡太师的生辰是六月十五日，而梁中书早在一个月之前也就是在四月初头，就已派人去筹办生辰纲了。再过些日子，就可以派人起程送往东京祝寿了。

可是，令人匪夷所思的是，晁盖、吴用、刘唐三人在千里之外的郓城县东溪村，商量如何抢劫这生辰纲的时间，竟然也是在五月初头，与梁中书同蔡夫人商议如何筹办生辰纲几乎是在同一时间。各位看官请看小说第十五回是怎么写的：

吴用道："再烦刘兄休辞生受，连夜去北京路上探听起程的日期，端的从那条路上来。"

刘唐道："小弟只今夜也便去。"

吴用道："且住，他生辰是六月十五日，如今却是五月初头，尚有四五十日，等小生先去说了三阮弟兄回来，那时却教刘兄去。"

晁盖道："也是，刘兄弟只在我庄上等候。"

一个差不多筹办齐全，一个打算抢劫，在时间上几乎是同时的，实在有些奇怪。可是，奇怪的事情后面还有，那就是刘唐又是怎么知道生辰纲消息的呢？

刘唐是这样跟晁盖介绍生辰纲的："小弟打听得北京大名府梁中书收买十万贯金珠、宝贝、玩器等物，送上东京，与他丈人蔡太师庆生辰。去年也曾送十万贯金珠宝贝，来到半路里，不知被谁人打劫了，至今也无捉处；今年又收买十万贯金珠宝贝，早晚安排起程，要赶这六月十五日生辰。"

对生辰纲的来龙去脉，刘唐了解得是一清二楚，难道刘唐是个情报专家？答案应该是否定的，因为从刘唐的行状来看，他根本就算不上什么情报专家。

我们先来看他的醉态。刘唐明明是来给晁盖报送生辰纲消息的，可是就在晁盖的庄外，刘唐却莫名其妙地醉倒在了灵官殿里。连殿门也没关，就赤条条地睡在了供桌上面，让前来巡逻的雷横当作小偷逮了个正着。如果不是晁盖后来用计相救，真不知会闹出什么幺蛾子。所以当晁盖打算救刘唐的时候，刘唐会说出这样的感谢话来："若得如此救护，深感厚恩，义士提携则个！"

这刘唐的行事，未免也太过草率，太不检点了。

我们再来看他的睡姿。小说写道："那汉子把些破衣裳团做一块作枕头，枕在项下，齁齁的沉睡着了在供桌上。"从刘唐把破衣裳一团当作枕头的睡姿来看，他应该是个生活在社会底层的江湖好汉。否则他也不会如此看重晁盖送给雷横的那十两银子，要拼了命去夺回来。金圣叹显然也看出刘唐睡姿的奇特了,于是,他就在"枕在项下"句下批道:"枕头也,乃云项下,写尽粗人沉睡光景。"

那么,问题来了。刘唐既然是个生活在社会底层的江湖好汉,那关于生辰纲的消息,他又是从哪里得来的呢?

我们接着读小说,就会发现在东溪村里,又发生了一件事关生辰纲消息的诡异事情。这件诡异的事,与公孙胜带来的消息有关。公孙胜是在刘唐到达东溪村后的第四天,才来到晁盖庄上的。但是,公孙胜显然比刘唐更厉害,他不但知道生辰纲的具体情况,而且还探明了生辰纲的押运路线。

小说第十六回,晁盖与吴用、公孙胜等六人在庄上饮酒。席间,吴用道:"此一套富贵,唾手而取。前日所说央刘兄去探听路程从那里来,今日天晚,来早便请登程。"

公孙胜道:"这一事不须去了。贫道已打听,知他来的路数了,只是黄泥冈大路上来。"

这公孙胜未免也太神了!要知道,此时远在北京大名府的生辰纲,不但还没有起运,而且连那个押运人是谁,也还没有确定。

读了小说后文我们知道,这生辰纲是五月十五日起运的,而押运人杨志则是在起运前三天,才由梁中书与蔡夫人两人商议确定的。这就奇了怪了,公孙胜知道生辰纲的押运路线,竟然比押运人杨志还早十多天。难道公孙胜真的是个法力无边的神人,能够准确地预知未来?事实显然不是这样的。

小说第五十三回，公孙胜曾向戴宗回忆自己年轻时的往事："贫道幼年飘荡江湖，多与好汉们相聚。"可以这样说，此时的公孙胜只不过是个混迹江湖的道人，还远没有师父罗真人的法力。有的看官看到这里可能就要问了，既然公孙胜不是什么神人，那他的消息又是从哪里得来的？

从刘唐、公孙胜先后获得生辰纲确切消息的情况可知，有人在江湖上不断发布有关生辰纲的最新消息。那么，这个消息最初的发布者，又是谁呢？——正是梁中书。

为什么这样说？因为梁中书有泄密的动机。梁中书送给蔡太师的生辰纲，价值十万贯。折算成现在的人民币，这生辰纲大概值3000万元。这笔巨款，都是梁中书搜括来的民脂民膏。如果每年都要让梁中书拿出这么大一笔钱财来孝敬老丈人，那么，即使梁中书贵为北京大名府的留守司，上马管军，下马管民，最有权势，恐怕也是有点力不从心的。所以，在小说第十三回，梁中书才会讲出这样一段很值得玩味的话："上年收买了许多玩器并金珠宝贝，使人送去，不到半路，尽被贼人劫了，枉费了这一遭财物，至今严捕贼人不获。"

梁中书的意思很清楚，去年的生辰纲被贼人劫去了之后，就好像人间蒸发了一样，直到现在仍然踪影全无，破案无门。这在梁中书看来，简直就是"枉费了这一遭财物"。因此，梁中书完全有可能在今年的生辰纲上动脑筋，做文章，从而使自己的利益最大化。而要这样做的最简单也最有效的办法，就是来个"重蹈覆辙"——让生辰纲再被劫一次。先故意在江湖上散布生辰纲的消息，以吸引沿路强人的眼球。然后，再来个半路被劫，这样就可以瞒天过海，死无对证。这样看来，刘唐与公孙胜能在五月初就获知生辰纲的确切消息，也就不足为怪了。

我为什么会做这样的推测呢？梁中书制订的生辰纲的押运计划，暴露了他的心思。

小说第十六回，梁中书决定委派杨志来押运这个生辰纲。杨志叉手向前禀道："恩相差遣，不敢不依！只不知怎地打点？几时起身？"

梁中书道："着落大名府差十辆太平车子，帐前拨十个厢禁军监押着车，每辆上各插一把黄旗，上写着'献贺太师生辰纲'。每辆车子再使个军健跟着，三日内便要起身去。"

杨志听了梁中书的计划后，明确提出了反对意见，道："非是小人推托，其实去不得，乞钧旨别差英雄精细的人去。"

杨志为什么会反对梁中书的押运计划？我们用杨志自己的话来作答。杨志道："恩相在上，小人也曾听得上年已被贼人劫去了，至今未获。今岁途中盗贼又多，此去东京，又无水路，都是旱路。经过的是紫金山、二龙山、桃花山、伞盖山、黄泥冈、白沙坞、野云渡、赤松林，这几处都是强人出没的去处。更兼单身客人亦不敢独自经过，他知道是金银宝物,如何不来抢劫?枉结果了性命,以此去不得。"

事情是明摆着的,从大名府到东京城,只能走旱路,这一路都凶险万分。你若大张旗鼓地运送金银珠宝,肯定会落得个人财两空。那么梁中书为什么不汲取去年的教训,还要明知山有虎,偏向虎山行呢?答案就是,梁中书对生辰纲的态度是,不是怕被劫,而是希望被劫。所以梁中书表面上采纳了杨志化装押运的想法,但第二天出发时,却又临时派了个老都管和两个虞候与杨志同行。后来的事实证明,生辰纲之所以会被劫,问题就出在了这三个人身上。

## 注水的生辰纲

梁中书为什么要故意在江湖上泄露生辰纲的消息,希望再一次被劫?问题的关键,在于这生辰纲到底值多少钱。

有的看官可能就要说了,从梁中书对蔡夫人的说法,以及刘唐、公孙胜的消息来看,这生辰纲应该是价值十万贯之巨的。梁中书是这样对蔡夫人说的:"泰山是六月十五日生辰,已使人将十万贯收买金珠宝贝,送上京师庆寿。"刘唐、公孙胜是这样对晁盖等人说的:"北京大名府梁中书收买十万贯金珠、宝贝、玩器等物,送上东京,与他丈人蔡太师庆生辰。"

但是，从小说的实际描写来看，这生辰纲却并不值十万贯。这样说的理由，主要有两条。

一是，晁盖手中的钱财并不多。小说第二十回，晁盖他们火并了王伦之后，梁山上下的七八百人，都来厅前参拜新头领。晁盖便拿出打劫生辰纲时所得的金珠宝贝，连同从自家庄上带来的金银财帛，当厅赏赐给了这些梁山的大小头目和小喽啰。但令人困惑的是，才过了没几天，晁盖与一帮兄弟们正在饮酒，小喽啰前来报告，说有一群客商今晚会从山下旱路经过。晁盖听了之后就说了这样一句话："正没金帛使用，谁领人去走一遭？"

这就奇怪了。那生辰纲价值十万贯，加上富户晁盖自家庄上的金银财帛，应该是一笔巨款了，可怎么才赏赐了七八百人，晁盖就"正没金帛使用"了？

有的看官可能会说，晁盖之所以会手头拮据，可能是因为赏赐众人时太过慷慨了。小说对晁盖这次的赏赐金额没有明确的说明，但是，我们可以从另外的角度来做个合理的推测。上文所讲的那次下山打劫，是晁盖他们上了梁山之后的第一次打劫行动，所以晁盖就极为重视。先是派了阮氏三兄弟，领着一百多人下山去设伏。后来想想不妥，就又让刘唐带着一百多人下山接应。等到了三更天，见山下还没有消息，就又派了杜迁、宋万引着五十余人下山接应。自己则与吴用、公孙胜、林冲三人边饮酒边等消息，坐了整整一个晚上。

一直等到天亮，小喽啰才来报告说抢了二十余辆车子的金银财物和四五十匹牲口。晁盖听了大喜，取出一锭白银，赏给了那个小喽啰。然后把劫来的这些财物全都堆放在聚义厅上，取一半收贮在库，听候支用；余下的一半分为两份，十一位头领均分一份，山上山下众人均分一份。从晁盖大喜之下只赏了小喽啰一锭白银，以及他分配财物的方法可知，晁盖是不可能把钱都赏赐给梁山众人的。由此，我们可以得出这样一个结论，那就是晁盖劫了生辰纲之后，他的手头其实并不富裕。

说这生辰纲不值十万贯的第二个理由是，白胜分得的钱财也很少。小说第十八回，劫取生辰纲案发后，济州府的公人前来抓捕白胜。这些公人绕屋寻赃，最后在白胜床铺的地下，挖出了一包金银。

各位看官都知道，参与抢劫生辰纲的人总共有八个。如果按人均分赃，那么，晁盖他们每个人该得的赃物应该是一万两千五百贯。如果不按人均分赃，那么，白胜即使只能分到上述人均的零头，那他最少也该拿到两千五百贯吧？可是，从白胜家里起获的赃物，却只有区区一包金银而已。这明显不合乎逻辑。

于是，有的论者就分析说，这生辰纲其实是假的，是梁中书设的一个局而已。杨志押运的只是十担伪装成生辰纲的石头，只有蔡夫人送的那担珠宝是真的。晁盖他们抢劫了生辰纲，其实只是抢劫了蔡夫人的那担珠宝而已。这种说法，显然是很可笑的。

如果这生辰纲只是一堆石头的话，万一杨志红运当头，押运成功了，那聪明如此的梁中书，又该怎么面对自己的老丈人呢？梁中书的这个机会成本，未免也太大了点吧？所以这生辰纲只能是真金白银，绝不可能是石头伪装的。为什么这样说呢？

首先，我们来看晁盖他们是如何装运生辰纲的。小说第十六回，杨志他们喝了白胜的那桶酒之后，一个个都头重脚轻地软倒在地了。于是，晁盖他们就从松树林里推出那七辆江州车儿，把车子上的枣子全都丢在地上，然后将这十一担金珠宝贝都装在车子内，遮盖好了，叫了声："聒噪！"就一直往黄泥冈下推去了。杨志见了，口里只是叫苦，却挣扎不起。老都管那些人也都眼睁睁地看着晁盖他们把这金珠宝贝用车运走了，却只是起不来、挣不动、说不得。可见这十一担生辰纲，确实都是真金白银。否则，晁盖他们就不会把它当宝贝似的都装在车子内，还要细细地遮盖好；而那个老都管也不会在蒙汗药酒醒了之后，埋怨众人道："你们众人不听杨提辖的好言语，今日送了我也！"

其次，我们来看晁盖他们是如何处置生辰纲的。小说第十八回，劫取生辰纲事发，何涛带了公人前来郓城县捉拿晁盖他们，宋江闻讯后飞马来给晁盖报信。小说写道，这时晁盖正和吴用、公孙胜、刘唐三人，坐在后园的葡萄树下吃酒。而阮氏三兄弟分得了钱财之后，都已经回石碣村里去了。眼看着事情紧急，吴用便提议先去石碣村落脚，如果形势紧迫，那么就去梁山泊入伙。晁盖担心梁山不会收留他们，吴用就说道："我等有的是金银，送献些与他，便入了伙。"于是，吴用、刘唐就把打劫生辰纲得来的金珠宝贝，分作五六担装了，便投石碣村而去。

第三，我们来看阮小二的家庭变化。小说第十五回，吴用去石碣村劝说阮氏三兄弟一起抢劫生辰纲，是这样描写阮小二的："头戴一顶破头巾，身穿一领旧衣服，赤着双脚。"此时的阮小二，可以说是穷困潦倒。但是，劫了生辰纲之后呢？小说第十九回写道，见何涛领着官兵要来追捕，阮小二就选了两支棹船，把老娘和家里的老小，以及家中的财赋，全都装进船里。此时阮小二的家中显然已经有了些财赋。前后总共不过几天的时间，这阮小二又是从哪里得来的财赋？小说第十八回说得很清楚，此时阮氏三兄弟已得了钱财，自回石碣村去了。这财赋，正是从黄泥冈上劫来的。

另外，还可以作为佐证的，是小说第十七回评说杨志的两句诗。一句："面皮青毒逞雄豪，白送金珠十一挑。"还有一句："平将珠宝担落空，却问宝珠寺讨帐。"这两句诗句，分明讲的是生辰纲十一担金珠宝贝的下落，调侃的是杨志那无边的失落与郁闷。

综上所述，晁盖他们确实在黄泥冈上抢劫到了真金白银，这生辰纲并不是用石头伪装的。现在，我们再回到前面讲的那个话题，这生辰纲到底值多少钱？

我觉得，这生辰纲肯定不值十万贯，它不过是号称"十万贯"而已。它一定是注了水的。如果生辰纲没有注水，那么晁盖、白胜他们就不会感到抢到的钱财如此之少。那么，问题出在哪儿呢？ —— 还是出在梁中书身上。

小说第十三回，梁中书曾同蔡夫人讲过这样一句话："已使人将十万贯收买金珠宝贝，送上京师庆寿。"正是梁中书这句讨好蔡夫人的话，无意中泄露了生辰纲注水的秘密。原来，梁中书送的生辰纲，并不是十万贯钱，而是用十万贯钱收买来的金珠宝贝。所以，不但这号称的"十万贯"可能有水分，甚至连这些"收买"来的"金珠宝贝"也可能有水分。

去年送生辰纲，他梁中书不但枉费了十万贯的财物，而且到现在都没有抓到贼人。这十万贯的生辰纲，就如泥牛入海，连个声响都没有。所以，今年他梁中书要换个思路了。他要争取少花钱也能办成事。他要出一个既不能得罪蔡太师和蔡夫人，又能使自己的利益最大化的高招。而这个高招，我们就姑且称之为"注水生辰纲"。

梁中书走这一着棋，可以说是能进退自如的。所谓"退"，如果杨志押运生辰纲失败了，那么谁也不会知道他梁中书所使的小聪明，蔡太师和蔡夫人也不会怪罪他梁中书。而从去年生辰纲被劫的情况来看，再加上今年梁中书故意提前散布生辰纲消息所作的铺垫，杨志这次押运生辰纲失败，应该是件大概率的事情。所谓"进"，万一杨志押运生辰纲成功了，那么有了去年生辰纲被劫的阴影，蔡太师只会赞许梁中书这个女婿办事得力，谁也不会去怀疑这生辰纲到底有没有注水，以及注了多少水。所以，无论杨志押运生辰纲成功与否，给老丈人送注水生辰纲的梁中书，都是一个胜利者。

事实也证明了梁中书的高明。小说第十七回写道，蔡太师看了生辰纲被劫的书札之后，大惊道："这班贼人，甚是胆大！去年将我女婿送来的礼物，打劫了去，至今未获；今年又来无礼，如何干罢！"随即太师府就押了一纸公文，派了一个得力的府干，星夜赶往济州府，着落济州府尹，要立等捉拿这伙贼人，即刻回报。这边京城的蔡太师一怒，那边大名府的梁中书该是一笑了。

那么，杨志那生辰纲押运人的身份，又是谁确定的呢？

## 谁选择了杨志？

前文我们讲了梁中书为什么送蔡太师注水的生辰纲，现在再来说说到底是谁选择了让杨志来押运这生辰纲。

因了去年的生辰纲被劫案，今年梁中书他们对生辰纲押运人的选择，就显得十分慎重。小说中有两处写到了生辰纲押运人的选择问题。

第一处是在小说第十三回，梁中书在与蔡夫人商议送生辰纲事宜的时候说道："上年收买了许多玩器并金珠宝贝，使人送去，不到半路，尽被贼人劫了，枉费了这一遭财物，至今严捕贼人不获。今年叫谁人去好？"

蔡夫人道："帐前见有许多军校，你选择知心腹的人去便了。"

第二处是在小说第十六回，那天，梁中书正与蔡夫人坐在后堂里面聊天，只听蔡夫人问道："相公，生辰纲几时起程？"

梁中书道："礼物都已完备，明后日便用起身。只是一件事，在此踌躇未决。"

蔡夫人道："有甚事踌躇未决？"

梁中书道："上年费了十万贯收买金珠宝贝，送上东京去；只因用人不着，半路被贼人劫将去了，至今无获。今年帐前眼见得又没个了事的人送去，在此踌躇未决。"

蔡夫人指着阶下道："你常说这个人十分了得，何不着他，委纸领状，送去走一遭，不致失误。"

梁中书看阶下那人，正是青面兽杨志。

从小说的这两处描写来看，决定生辰纲押运人选的人显然是蔡夫人，而不是梁中书。梁中书此次想寻一个得力的人来押运生辰纲，但一直定不下来。于是，一贯强势的蔡夫人（虽然嫁给了梁中书，却要叫她"蔡夫人"；而且，在蔡夫人面前，梁中书只能自称"下官"）就亲自出马，直接指定杨志来当这个押运人。这个困扰梁中书多时的押运人选问题，就这样迎刃而解了。

但是，事实果真如此吗？答案显然是否定的。真正决定生辰纲押运人选的人，其实并不是那个强势的蔡夫人，而是他梁中书。蔡夫人不过是中了梁中书的圈套，当了个满心欢喜的傀儡而已。那么，梁中书为什么要给蔡夫人设圈套呢？去年生辰纲被劫的原因是用人不当，结果蔡太师很恼火，梁中书很被动。今年梁中书就变聪明了，他精心给蔡夫人编织了个圈套，想借蔡夫人之手，来指定自己早就选好的那个押运生辰纲的人。这样，今年的生辰纲要是又被劫了，那他梁中书也好脱了干系，避了用人不当的嫌疑。

那么，梁中书是怎样来给蔡夫人设圈套的呢？梁中书主要用了一"明"一"暗"两种手段。我们先来看"明的一手"。梁中书这"明的一手"，就是对蔡夫人处处恭敬有加，让蔡夫人主动提出押运生辰纲的人选。

首先，在端午家宴时，梁中书抛出了一个今年叫谁去押运生辰纲的问题，以引起蔡夫人的关注。果然，蔡夫人道："你选择知心腹的人去便了。"这显然是蔡夫人给押运人选划定了一个选择的范围。

其次，在生辰纲准备起运时，梁中书又故作为难地对蔡夫人说道，去年只因用人不当，导致生辰纲半路被劫，今年帐前眼见得又没个得力的人可担此重任，所以至今仍对押运人选踌躇未决。于是，蔡夫人便当场指着杨志道："你常说这个人十分了得，何不着他，委纸领状，送去走一遭，不致失误。"这显然是蔡夫人指定了押运人选。梁中书听闻大喜，随即便唤杨志上厅，假惺惺地对杨志说道："我正忘了你，你若与我送得生辰纲去，我自有抬举你处。"

再者，杨志提出请梁中书派一个人来监督行程，"只消一个人和小人去，却打扮做客人，悄悄连夜送上东京交付"。但第二天梁中书派给杨志的，不是杨志要求的一个人，而是太师府奶公谢都管和两个虞候，一共是三个人。梁中书还当着杨志的面，对谢都管他们三个人说了这样一句意味深长的话："夫人处分付的勾当，你三人自理会。小心在意，早去早回，休教有失。"这显然是蔡夫人指定了押运监督人。

从表面上看，这生辰纲的押运人选和监督人选都是蔡夫人一手指定的，梁中书自始至终都没有明说过一句话，但实际上则是蔡夫人替梁中书背了个大黑锅。

现在，我们再来看梁中书"暗的一手"。首先，梁中书把杨志留在府中，让蔡夫人熟悉杨志。小说第十二回写道，杨志被押解到大名府，梁中书因为原先在东京时就认得杨志，于是便当厅给杨志开了枷，把杨志留在府中早晚听候使唤。

小说第十三回又写道，东郭演武之后，梁中书十分爱惜杨志，早晚与他并不相离，可以说是天天都让杨志与他待在一起。

梁中书刻意让杨志时时跟在自己身边，随时在府里听候使唤，那蔡夫人岂有不熟悉杨志的道理？于是，金圣叹就在"（杨志）自去梁府宿歇，早晚殷勤听候使唤"句下批道："单单剩下杨志一个，与梁中书一个，一垛儿住着，殷勤亲热，异哉！如此一回大书，乃正为此一句，为生辰纲作伏线耳……"

其次，梁中书频吹枕边风，让蔡夫人了解杨志。小说第十六回，蔡夫人对梁中书说过这样一句挺有意趣的话："你常说这个人十分了得。"这蔡夫人口中所说的"这个人"，就是阶下的那个杨志。"你常说这个人十分了得"，可见梁中书平时在蔡夫人面前，没少做杨志的文章，没少夸杨志的能力。否则，以蔡夫人跋扈的为人，她断不会就这么轻易地认可了杨志，更不会当场就指定杨志为押运人的。


## 梁中书心中的"那个人"

北京大名府作为一个军事重镇，猛将如云，高手如林，梁中书为什么偏要选杨志这个配军，来押运生辰纲呢？梁中书有自己的考虑，他觉得杨志就是最合适的人选。

首先，杨志出身好。在小说第十二回，杨志曾向林冲作过一番自我介绍："洒家是三代将门之后，五侯杨令公之孙，姓杨，名志，流落在此关西。年纪小时，曾应过武举，做到殿司制使官。"杨志是将门之后，应过武举，又曾做过殿司制使官。这样的出身，无疑给杨志添加了一圈淡淡的光环。梁中书在留守司一见杨志，就心中大喜，直觉告诉他，杨志应该是押运生辰纲的可选之人。因为，如果梁中书重用了杨志，那是没有一个人会怀疑的。

其次，杨志有前科。各位看官应该还记得，杨志是因为失陷了花石纲，才不得不流落江湖。朝廷大赦之后，杨志挑着一担金银又去东京四处活动，想再谋个制使官的前程来光宗耀祖，却被高俅赶出了殿帅府。杨志买官不成，盘缠用尽，只得在东京城里售卖那口祖传的宝刀。在卖刀时，杨志怒杀了敲他竹杠的泼皮牛二，于是被开封府刺配到了北京大名府。

当杨志把自己的经历一一告禀了梁中书之后，梁中书听得大喜，当厅就给杨志开了枷，并把他留在厅前听用。这就有点反常了。虽然梁中书以前在东京时就认识杨志，但那时的杨志还是殿司制使官，而现在的杨志不过是一个被发配到大名府来的配军。即使梁中书念旧，也完全没道理见了杨志之后就如此大喜，不但当厅给杨志开了枷，而且还把杨志留在了厅前听用。但实际上，梁中书的所作所为一点也不反常。他如此作为是因为杨志此前的那一番曲折经历,触动了他内心深处那个最隐秘的计划。

我们再来看看杨志的经历：一是,杨志曾经失陷过花石纲,在人生履历上有押运失败的前科。二是,失陷花石纲后,杨志不是主动前往官府首告,而是选择了畏罪潜逃,且逃得无影无踪,捉拿不着。三是,现在杨志又在东京杀死了牛二,成了大名府的一个配军,杨志的生死大权,就掌握在梁中书手中。杨志人生经历的这几个特点,不正切合梁中书心中所勾勒的,那个生辰纲押运人的初步轮廓?对此,金圣叹也看出了端倪,他在小说"当日是二月初九日"句下批道:"为生辰二字远远提头。"应该说是所见极是。

第三,杨志脾气暴。且看小说第十二回,杨志怒杀东京城的泼皮牛二这一节。牛二紧缠着杨志,要敲杨志的竹杠。杨志大怒,一把就把牛二推了一跤。牛二爬起来,一头钻入了杨志的怀里。杨志叫道:"街坊邻舍,都是证见:杨志无盘缠,自卖这口刀,这个泼皮强夺洒家的刀,又把俺打。"那些街坊邻舍都怕牛二,谁人敢向前来劝。牛二喝道:"你说我打你,便打杀直甚么?"牛二嘴里这样说着,一面就挥起右手,一拳打了过来。杨志霍地躲过,拿着刀抢入来,一时性起,望牛二颡根上搠个正着,牛二扑地倒了。杨志赶过去,又朝着牛二的胸脯连搠了两刀。牛二血流满地,死在了地上。

这牛二虽然是个泼皮,但他只是趁着酒劲来抢夺杨志的刀罢了。所以,杨志与牛二之间,充其量只是产生了纠纷。这泼皮牛二无赖是无赖，但是他的行为却罪不至死。凭着杨志的武艺，狠狠地揍牛二一顿，让他长点记性即可，根本没必要取人家的性命。退一万步讲，即使他牛二真的是罪该万死，那杨志想杀就杀呗，又何必杀得如此血腥？看杨志这杀人的情状，哪里是怒杀，简直是"怒怒怒"杀了。杨志脾气的火暴，由此可见一斑。而在梁中书看来，杨志这一简单粗暴的性格特征，正暗合了他心中所设计的"那个人"的形象。

第四，杨志敢担当。这个被杨志搠死在地的牛二，是京城里有名的破落户泼皮，专门在东京街上撒泼、行凶、撞闹，连开封府也治他不下，满东京城的人见他牛二过来，都唯恐躲之不及。身为东京人的梁中书，应该听闻过这个泼皮的"大名"。杨志这挥刀一杀，也可以算是为民除害了。另外，杨志当街杀了牛二之后，并没有一走了之，而是同众人说道："洒家杀死这个泼皮，怎肯连累你们！泼皮既已死了，你们都来同洒家去官府里出首。"一股敢作敢当的豪杰之气跃然纸上。所以，当杨志把杀死牛二的实情一一告禀了梁中书之后，这个敢作敢为、敢于担当的杨志，无疑离梁中书心中的"那个人"，又近了一步。

第五，杨志有武功。梁中书为了心中那个隐秘的计划，就想通过校场比武的方式，抬举一下杨志。小说第十二回写道，梁中书唤杨志到厅前，说道："我有心要抬举你做个军

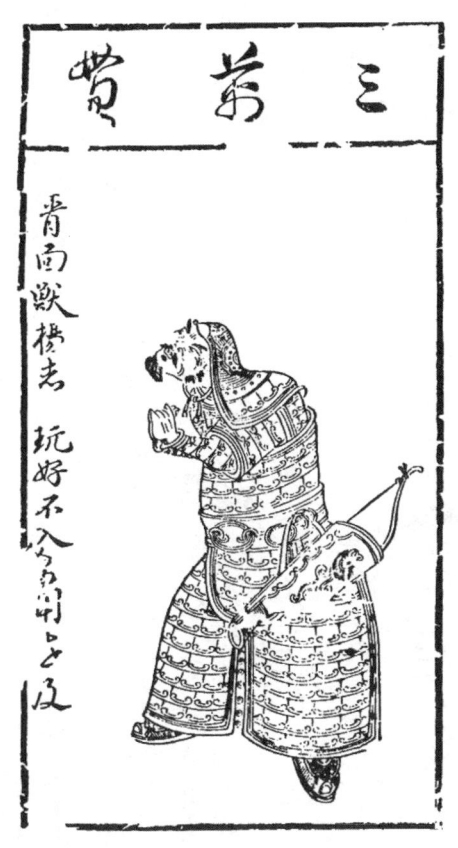

陈洪绶《水浒叶子》之青面兽杨志

容与堂本《青面兽北京斗武》

中副牌，月支一分请受，只不知你武艺如何？"杨志禀道："小人应过武举出身，曾做殿司府制使职役。这十八般武艺，自小习学。"梁中书听了大喜，就赐给杨志一副衣甲。第二天校场比武，杨志果然是不同凡响，大显神威。

小说通过梁中书的五个"大喜"，写出了梁中书对自己抉择的满意之情。见杨志赢了周瑾，梁中书大喜；见杨志躲开了周瑾的三支利箭，梁中书大喜；见杨志一箭射中了周瑾，梁中书大喜；见杨志与索超打了个平手，梁中书大喜；见老百姓对杨志、索超的武艺赞扬有加，梁中书大喜。这武功高强的杨志，更加符合了梁中书心中"那个人"的形象。

对此，金圣叹有个精到的见解，他在这一回的回前总评中批道："夫梁中书之爱杨志，止为生辰纲伏线也。"

曾有论者言之凿凿，是杨志串通晁盖劫了生辰纲。这样的话，真的不知是从何说起。小说第十七回写得清清楚楚，说杨志串通晁盖劫了生辰纲，那是老都管他们陷害杨志的说辞而已。如果杨志真的是串通晁盖劫了生辰纲，那么，实在是太抬举他杨志了。


## 谁暴露了行踪？

梁中书费尽心机，选择了杨志作为生辰纲的押运人。

那么，杨志又是如何来押运这生辰纲的呢？

此次押运生辰纲，按照杨志的想法，他们是化装而行的。小说第十六回，杨志告诉梁中书道："若依小人说时，并不要车子，把礼物都装做十余条担子，只做客人的打扮行货；也点十个壮健的厢禁军，却装做脚夫挑着；只消一个人和小人去，却打扮做客人，悄悄连夜送上东京交付。恁地时方好。"可见，杨志他既没有用大名府的太平车子，也没有插写着"献贺太师生辰纲"字样的小黄旗，更没有让军健大模大样地随行护卫，杨志只是扮作普通的客商，来实施他的押运计划。杨志的这个计划，应该说是周密可行的。但杨志他们一行最后还是暴露了行踪，以致生辰纲在黄泥冈上被晁盖一伙用计劫了去。那么，杨志一行的行踪，是谁暴露的呢？

首先，杨志惹的祸。杨志他们一行离开大名府时，正是五月半天气，晴空万里，酷热难行。起初几天，杨志他们每天是赶早起五更，趁着早凉出发，到了中午天气热时，便找个地方休息。这样一连走了几天，渐渐地人烟稀少了，道路也越来越偏僻，而且一站站都是山路。这个时候，杨志便要求大家挨到辰牌（早上 7：00—9：00）时才能动身，到了申时（下午 15：00—17：00）就要休息。那十一个厢禁军，挑着重担，天气又热得受不了，于是一看见路边的林子，就要去阴凉处歇息。杨志就催着他们赶路，如果擅自休息了，轻则痛骂，重则举起藤条便打。那两个虞候虽然只背着些包裹行李，但也气喘得赶不上趟。大家对杨志的做法是怨声载道。

杨志为什么前几日只是趁早凉便走，现在却要顶着个大日头赶路呢？杨志真的是如两个虞候所说的好歹不均匀吗？杨志的一席话，道出了个中的原委："你这般说话，却似放屁！前日行的须是好地面，如今正是尴尬去处，若不日里赶过去，谁敢五更半夜走？"杨志这样的做法，看上去似乎很有道理：在安全地界，你完全可以放心出行，趁早凉便行，日中热时便歇；可是到了危险地段，就要反其道而行之，赶着大太阳出行才比较安全，因为这样可以避开强人。但杨志这样做，正是犯了"此地无银三百两"的大忌！

杨志一行既然是做行货打扮的，是一伙客商，那么，就要规规矩矩地按照行货的路子来行事。各位看官应该还记得，小说第十一回是怎样来写林冲猎取投名状的。林冲伏到午时后，见一伙客人有三百余人，结伴而过。林冲见他们人多势众，就不敢贸然动手，只好眼睁睁地看着他们过去。可见，杨志作为行货客商，最安全的做法就是"随大流"，跟着团队走，该歇时歇，该行时行。反观杨志这队客商，独自一伙，早上天气凉快时不走，只是待在客店里睡大觉。直到辰牌时分，天热了，才慢慢地打火吃饭，准备出发。而且，还顶着个大太阳，一路上赶打着不许投阴凉处歇息。这种特立独行的反常行径,加之又是在江湖上盛传生辰纲消息的关节点上,这不是自曝行踪,又是什么?

可以这样说,正是杨志的过分精明,给自己的押运惹来了祸。晁盖他们成功劫得生辰纲,杨志蒙汗药酒醒了之后,指着老都管他们骂道:"都是你这厮们不听我言语,因此做将出来,连累了洒家。"容与堂本就在杨志这句话下批道:"就听你言语也要做将出来,痴子!"此言甚是。

其次,称呼"帮"的忙。既然已打扮成了客商,那么,相互之间就要按照客商的称谓来称呼彼此。比如,杨志可以改称为"杨总",老都管可以称为"谢董",等等。但是,杨志好像忽略了这关键的一点。他们彼此间的称谓,竟然是一点也没有变,还是沿用原先的叫法。

小说第十六回,两个虞候坐在柳树荫下,等得老都管来,两个虞候告诉老都管道:"杨家那厮,强杀只是我相公门下一个提辖,直这般会做大老!"当日行到申牌时分,寻得一个客店里歇了。那十一个厢禁军对老都管说道:"我们不幸,做了军健,情知道被差出来,这般火似热的天气,又挑着重担,这两日又不拣早凉行,动不动老大藤条打来,都是一般父母皮肉,我们直恁地苦!"老都管道:"你们不要怨怅,巴到东京时,我自赏你。"那众军汉道:"若是似都管看待我们时,并不敢怨怅。"

好家伙,明明是一伙行货的客商,怎么会一口一个"提辖""军健""都管"地叫？这哪里像是正经行货人的做派？这不是自曝身份，引人眼球，又是什么？

第三，众人曝的光。转眼就到了六月初四，杨志他们终于来到了黄泥冈。小说是这样写这天气的炎热的："天气未及晌午，一轮红日当天，没半点云彩，其日十分大热。"

在黄泥冈上，老都管见杨志只管打那些在树荫下歇息的军健，便道："提辖，端的热了走不得，休见他罪过。"

杨志道："都管，你不知这里正是强人出没的去处，地名叫做黄泥冈。闲常太平时节，白日里兀自出来劫人，休道是这般光景，谁敢在这里停脚！"

杨志说着，举起藤条让那些军健继续出发。

那些军健便一齐叫将起来，其中一个争辩道："提辖，我们挑着百十斤担子，须不比你空手走的，你端的不把人当人！便是留守相公自来监押时，也容我们说一句，你好不知疼痒，只顾逞辩！"

杨志闻说，拿起藤条，劈脸便打了过去。

老都管喝道："杨提辖，且住！你听我说：我在东京太师府里做奶公时，门下军官，见了无千无万，都向着我喏喏连声。不是我口栈，量你是个遭死的军人，相公可怜抬举你做个提辖，比得芥菜子大小的官职，直得恁地逞能！休说我是相公家都管，便是村庄一个老的，也合依我劝一劝；只顾把他们打，是何看待？"

这下可好，杨志他们这十五个人在黄泥冈上，你一言我一语，一会儿一齐叫将起来，一会儿又是高声喝道；一会儿你叫我"提辖"，一会儿我喊你"都管"；一会儿这个说是"东京太师府"，一会儿那个讲是"留守相公"。这么热热闹闹地一吵一闹，这伙客商到底是些什么人，不是不言自明了吗？

## 梁中书的演技

尽管杨志押着生辰纲，一路上是千小心万注意，但最后还是在黄泥冈上翻了船。杨志酒醒后见失了生辰纲，愤恨不已，骂完老都管等人后，从树根头拿了朴刀，挂了腰刀，深深地叹了口气，一直下冈子去了。

老都管他们一直到了二更天，方才苏醒过来。见丢失了生辰纲，闯下了大祸，老都管便和这些个厢禁军商量了对策，统一了口径，想要诬陷杨志而自保。然后，老都管就去济州府里报了案，留下两个虞候随衙听候，捉拿贼人，而自己则领着一干人，立马赶回北京大名府，向梁中书告罪。

梁中书见众人都齐齐拜倒在地下，便说道："你们路上辛苦，多亏了你众人。"接着又问道："杨提辖何在？"

于是，众人便告状道："不可说！这人是个大胆忘恩的贼！自离了此间五七日后，行到黄泥冈，天气大热，都在林子里歇凉。不想杨志和七个贼人通同，假装做贩枣子客商。杨志约会与他做一路，先推七辆江州车儿，在这黄泥冈上松林里等候；却叫一个汉子，挑一担酒来冈子上歇下。小的众人不合买他酒吃，被那厮把蒙汗药都麻翻了，又将索子捆缚众人。杨志和那七个贼人，却把生辰纲财宝并行李，尽装载车上将了去。"

梁中书听了大惊，也不细问原委，便大骂杨志道："这贼配军！你是犯罪的囚徒，我一力抬举你成人，怎敢做这等不仁忘恩的事！我若拿住他时，碎尸万段！"

小说的这处描写很有意味，至少有这样三个问题值得玩味：

第一，回来的时间问题。从大名府到东京城，来回该是多少时日，作为东京人的梁中书，应该是了然于心的。小说第六十二回对此也有明确的交代，说卢俊义离开梁山"行了旬日，到得北京"。现在，老都管他们明显是提前回来了。但是，梁中书见了提前回来的老都管他们，却偏不问为什么提前回来了。

第二，案件的疑点问题。生辰纲被劫案，至少有这样两个疑点是比较明显的。第一个疑点，是谁让那些军健去吃蒙汗药酒的？老都管的陈述说得很清楚，蒙汗药酒并不是杨志让那些军健去吃的，而是那些军健因为天气炎热，实在忍受不了干渴，所以才凑钱主动去买来吃的。可见这蒙汗药酒，根本不干杨志的事。第二个疑点，杨志与那些贼人通同的证据是什么？自始至终都是老都管他们单方面在叙说，什么杨志和那七个贼人通同，扮作贩枣子的客商也好；什么杨志与那七个贼人里应外合，在黄泥冈上松林里设伏也好；什么杨志和那七个贼人一起，把生辰纲全部装载上车抢了去也罢。对于这些罪状，老都管他们根本拿不出任何证据。梁中书为什么会对如此明显的疑点，视而不见，置之不理？梁中书唱的又是哪出戏？

第三，案件的责任问题。这次押运生辰纲的人，一共有十五个。虽然梁中书在行前曾对老都管他们三人说过："杨志提辖情愿委了一纸领状，监押生辰纲，十一担金珠宝贝，赴京太师府交割，这干系都在他身上。"但这并不等于说老都管他们与生辰纲被劫一案，就没有一点的干系了。可是，劫取生辰纲案发后，梁中书既不问明事情的前因后果，也不追究其他十四个人的责任，而只是独独盯牢了杨志一个人："我若拿住他时，碎尸万段！"这不是很奇怪吗？

所以，梁中书在这番言语里所暴露的问题，说明梁中书之所以要讲这些话，其实只是说给旁人听的一种表演。梁中书只是在打哈哈，因为他早就预料了事情的结局，他本身就是生辰纲被劫事件的总策划师。

对生辰纲被劫一案，金圣叹在这一回的回前总评里，有个颇为中肯的批语："故我谓生辰纲之失，非晁盖八人之罪，亦非十一禁军之罪，亦并非一都管、两虞候之罪，而实皆梁中书之罪也。"所见是也。

# 生辰纲被劫案背后的故事

## 闻知哥哥大名

我们曾在《有关生辰纲的重重迷雾》一文中，揭示了梁中书给蔡太师送生辰纲的真相。现在，我们再来说说生辰纲被劫案背后所隐藏的其他精彩故事。

我们先来说说刘唐、公孙胜当初到了郓城县，为什么只把生辰纲的消息告诉了晁盖，而不告诉宋江。刘唐、公孙胜之所以这样做，不是因为晁盖在江湖上的名声比宋江更响，而是因为他们觉得晁盖比宋江更适合去劫生辰纲。

首先，晁宋两人的身份不同。虽然晁盖与宋江都名闻江湖，而且都住在郓城县里，彼此之间也很熟悉，用晁盖自己的话来说，他们两人是"心腹相交，结义兄弟"。但是，晁宋两人的身份却是迥然不同的。晁盖是东溪村的保正，是本县本乡的富户；而宋江则是县衙里的押司，刀笔敢欺萧相国，是知县跟前的红人。

小说中有一个细节很能说明问题。劫取生辰纲案发后，宋江冒险前往晁盖庄上报信。当晁盖听说宋江来到了自家庄门口，尽管宋江是自己的结义兄弟，但晁盖仍紧张万分地问庄客宋江带了多少随从。晁盖不能确定此刻出现在自家庄门口的宋江，他的身份是自己的兄弟，还是县衙里的押司。对此，金圣叹有个批语批得一针见血："写心虚人如画。"这批语虽是批给晁盖的，但却也一语点破了晁宋两人之间的微妙关系。

其次，晁宋两人的风格不同。虽然晁宋两人都仗义疏财，在江湖上也都声名远播，但相对于宋江来说，晁盖身上的江湖气显然更重一些。

小说第十四回写道，晁盖平生仗义疏财，专爱结识天下好汉，但凡有人前来投奔他，不论好歹，都要留在庄上；如果要回去时，又都有银两相赠。从"托塔天王"这一绰号的由来，也可看出晁盖的行事风格。当初，西溪村里闹鬼，白天总是迷人下水。西溪村就在一位僧人的指点下，用青石凿了个宝塔，镇在了溪边。结果，就把那些个鬼都赶到东溪村里来了。于是，作为东溪村保正的晁盖，就觉得很不爽，便独自一人走过去直接把那青石宝塔夺了过来，放在了东溪村。因此，大家都称晁盖为"托塔天王"。 另外，当刘唐把计划抢劫生辰纲的想法告诉晁盖时，说了这样一句话："曾见山东、河北做私商的，多曾来投奔哥哥，因此刘唐敢说这话。"刘唐的这句话虽然不长，但是却透露了两个重要的信息：一是，晁盖结交的江湖好汉中，不乏违法之徒；二是，刘唐正是听说晁盖敢于结交做私商的江湖好汉，所以才敢来找晁盖商议抢劫生辰纲之事。

相比晁盖的霸气，宋江则更像个谦谦君子——济弱扶倾心慷慨，声名不让孟尝君。小说第十八回写道，宋江于家大孝，为人仗义疏财，人皆称他为"孝义黑三郎"。刀笔精通，吏道纯熟，更兼爱习枪棒，学得武艺多般。平生只好结识江湖上好汉，常常是排难解纷，济人之急，扶人之困。因此，山东、河北闻名，都称他为"及时雨"，用小说的原话说是"却把他比做天上下的及时雨一般，能救万物"。

第三，晁宋两人的武功不同。各位看官应该知道，抢劫生辰纲，个人武功的高低是个十分重要的考量因素。小说曾借着两个人的感受，写出了晁盖的武功之高。一个是刘唐。小说第十四回，刘唐曾对晁盖说道："闻知哥哥大名，是个真男子，武艺过人。"有的看官看到这里可能要说了，刘唐对晁盖的武功也只是道听途说而已，他自己并没有亲眼见识过，所以他的话可信度并不高。

各位看官如果对刘唐的评价持保留意见，那不妨看看另一个人的说法。这个人，便是郓城县的都头朱仝。朱仝不但是晁盖的好朋友，而且他自己的武功也十分了得。小说第十三回，有首赞是这样写朱仝的："义胆忠肝豪杰，胸中武艺精通，超群出众果英雄。弯弓能射虎，提剑可诛龙。"可见朱仝的武功之高。后来梁山英雄排座次，朱仝位列天罡星第十二位，为马军八虎骑兼先锋使，是梁山泊一员十分重要的将领。那么，朱仝是如何评价晁盖的武功的？小说第十八回，劫取生辰纲事发后，朱仝与雷横两人奉命前去东溪村捉拿晁盖。朱仝吩咐雷横等人要倍加小心，说道："我须知晁盖好生了得；又不知那六个是甚么人，必须也不是善良君子。"朱仝的话里虽然藏着自己的小九九，因为他想放晁盖一马，所以就要先支开雷横，但是说晁盖武功高强，显然也是不争的事实，否则雷横和县尉他们就不会一致同意朱仝的意见了。

而相比晁盖，宋江的武功就差远了。我们先来看小说第三十二回，武松在白虎山痛打孔亮这一节故事：两人相斗，武松用手只一拨，就像放翻小孩子一般，一把就将孔亮放倒在了地上；接着，武松一脚踏住孔亮，连打了二三十拳；然后，就将孔亮提起来，一把丢到了门外的溪水里。在武松看来，这孔亮根本就不堪一击，而孔亮的练武师父正是宋江。人家王进一点拨史进，那史大郎的功夫就噌噌噌地往上涨，可是孔亮在宋江的指点下，那功夫实在是不敢恭维。这样看来，这宋江的功夫真的可与史进刚练武时那"七八个有名的师父"有得一比了。有的看官可能会说，孔亮之所以会在武松面前不堪一击，那是因为武松的功夫实在是太过高强了。可问题是，虽然武松的功夫十分高强，但是孔亮的水平再不济，也不至于在武松面前，连一点点的还手之力都没有吧？

各位看官如果对上述说法还持保留意见，我们不妨再来看看宋江所使用的武器。小说第二十二回，宋江杀了阎婆惜之后，准备与宋清两人逃亡江湖。小说写道，宋江弟兄两个各跨了一口腰刀，拿了一条朴刀，离开了宋家村。可见，此时宋江手里的武器是一条朴刀和一口腰刀。但问题的蹊跷在于，这条朴刀在宋江手里只是拿着玩玩，装装样子的，并不是宋江的拿手武器。为什么这么说？小说第三十五回，宋江与燕顺等人在去投梁山泊的半路上，偶遇了来给宋江送信的石勇。宋江从石勇处得知父亲亡故的消息，便急着要去奔丧。小说写道，宋江跨了一口腰刀，拿了石勇的短棒，酒食都不肯沾唇，便飞也似的独自一人回家去了。

各位看官注意了，这个领着三五百个强人想要去投梁山泊的宋江，手里的武器竟然只是一口腰刀，为了防备不测，还要临时借别人的武器带在身上。更奇怪的是，宋江并没有去问燕顺借朴刀，反而是向石勇借了他的短棒——冷兵器时代最没有杀伤力的武器之一。要知道，宋江离开宋家村时，手里可是拿着一条朴刀的。但是此时，那条朴刀竟然不见了踪影。

更让人大跌眼镜的事情，还在后面。小说第四十二回，宋江想回老家搬取父亲上梁山，小说是这样描写宋江的："便取个毡笠戴了，提条短棒，腰带利刀，便下山去。"如果说那天在去梁山泊的途中，向石勇借短棒只是临时起意的权宜之策，现在宋江既然已经上了梁山，那么他的手里应该有件自己拿手的武器了，为何还只是"提条短棒"呢？实际上，宋江拿手的武器是有的，那就是一条短棒。这也解释了为什么宋江不向燕顺借朴刀，而要向石勇借短棒。由此，我们也就可以大致推断宋江的武功水平了。

抢劫生辰纲可是件灭九族的勾当，如果武功不济，那是万万不行的。所以，刘唐向晁盖自荐时，就称自己颇学得本事，便是面对一两千的军马队，拿条枪也全不惧他。吴用提请阮氏三兄弟入伙的理由，也是这三兄弟义胆包天、武艺出众。

综上，选晁盖还是宋江去劫生辰纲，那答案当然是不言自明的了。智取生辰纲这一部大戏，就这样开演了。


## 力则力取，智则智取


为了劫取生辰纲，吴用应该说是制订了一个十分完备的行动计划。小说第十六回写道，晁家庄七星聚义之后，晁盖就与吴用他们商量劫取生辰纲的方案。

晁盖道："吴先生，我等还是软取，却是硬取？"

吴用笑着答道："我已安排定了圈套，只看他来的光景，力则力取，智则智取。我有一条计策，不知中你们意否？如此，如此。"于是，吴用就把自己的计策简要地讲了一遍。

晁盖听了大喜过望，撅着脚赞叹道："好妙计！不枉了称你做智多星！果然赛过诸葛亮！好计策！"

吴用究竟提出了一条什么样的计策，竟然能让晁盖撅着脚如此兴奋呢？吴用的计策，用他自己的话来说，可以概括为八个字，那就是："力则力取，智则智取"。

我们先来说说吴用"智取"的方案。这是吴用劫取生辰纲计策的关键一步，也是整个计策的核心，主要是部署这样四件事：其一，让晁盖等人化装成从濠州去东京贩枣子的客商，所推的车子，也都伪装成千里之外的江州车儿，以此来掩盖自己的身份和行踪。其二，让晁盖等人提前在黄泥冈设伏。杨志是在六月初四中午时分路过黄泥冈的，但晁盖一行六月初三就抵达了离黄泥冈东十里路的安乐村。其三，让白胜在行动当日扮作卖酒的小贩，挑两桶既能消暑又能解渴的白酒上黄泥冈，然后再由吴用他们伺机在酒里下蒙汗药。其四，设计了智取流程：

一是，下套。白胜挑着两桶白酒，来到黄泥冈上的松树林里休息。然后，晁盖他们当着杨志的面，先从白胜那儿买一桶酒吃了。刘唐又从另外那桶酒里舀一瓢酒吃了，让杨志觉得那桶酒也没有问题，以此打消杨志的疑心。

二是，放药。吴用将蒙汗药放在瓢里，假装过来要多舀白胜一瓢酒吃。当吴用拿着瓢去桶里舀酒时，那瓢里的蒙汗药便神不知鬼不觉地搅在了酒里。当吴用拿起瓢来假装要吃酒时，白胜便走过来一把夺下那个瓢，把酒倒回到酒桶里。

三是，撤离。等杨志他们中计吃了那桶已放了蒙汗药的白酒，药性一发作，晁盖他们立刻把生辰纲全都装上枣子车，遮盖好后，便迅速撤离黄泥冈。

吴用设计的这个智取流程，应该说是既巧妙，又自然，很难让人看穿其间所隐藏着的关节。精明如此的杨志会在黄泥冈上翻了船，其实也是情理之中的事情。下面，我们再来说说吴用"力取"的方案。

所谓"力取"，就是直接诉诸武力来夺取生辰纲。吴用是从这两个方面来准备"力取"方案的：

其一，筹划人员安排。小说第十四回，吴用对晁盖说道："此一事却好，只是一件，人多做不得，人少又做不得。宅上空有许多庄客，一个也用不得。如今只有保正、刘兄、小生三人，这件事如何团弄？便是保正与刘兄十分了得，也担负不下。这段事须得七八个好汉方可，多也无用。"

吴用的这番话，包含了三层意思：一是，劫取生辰纲这件事，无论是"智取"，还是"力取"，人多了做不得，因为人多了容易走漏风声。但是，人少了也做不得，因为人少了恐怕力不能迨。虽然晁盖、刘唐两人武艺过人，但光凭他们三个人去劫取生辰纲，那根本就是件不可能完成的任务。二是，晁盖庄上虽有许多庄客，但这些庄客在劫取生辰纲这样的大事情面前，也是不能用的，因为他们的武功不济事。三是，吴用认为如果能有七八个武功超群的好汉组成一支精干团队，那么这生辰纲肯定就能手到擒来。

晁盖听了之后，就让吴用来安排人员。吴用道："我寻思起来，有三个人，义胆包身，武艺出众，敢赴汤蹈火，同死同生。只除非得这三个人，方才完得这件事。"吴用说的这三个人，就是石碣村的阮氏三兄弟。正是阮氏三兄弟的入伙，吴用才初步完成了劫取生辰纲的人员架构。

其二，配备武器装备。吴用的计划是让每个参与行动的人都人手一条朴刀，以便力取。小说第十六回，杨志他们正在为是否买酒吃这件事，与白胜在松林里闹动争说时，只见对面松林里那伙贩枣子的客人，都提着朴刀走出来问道："你们做甚么闹？"此前，晁盖他们曾跟前来打探的杨志说过，自己只是贩枣子的客商。那么，问题就来了。既然晁盖他们只是一伙贩枣子的客商，又怎么会人手一条朴刀呢？而且，一听到白胜那儿有动静，这伙客商怎么就都提着朴刀赶来了呢？

各位看官应该还记得，小说第四十六回是如何写祝家庄防备梁山泊的。小说写道，石秀看见祝家庄酒店的屋檐下，插着十数条好朴刀。石秀就问店小二道："你家店里怎的有这军器？"店小二答道："此间离梁山泊不远，只恐他那里贼人来借粮，因此准备下。"

小说的这段描写，透露了两条信息：一是，这朴刀不是一般的武器，而是"军器"。二是，祝家庄为了防备梁山泊前来借粮，就给庄户们人手配备了一条朴刀，以备不时之需。那么，晁盖他们作为一伙贩枣子的客商，也都人手一条朴刀，是否也如祝家庄的庄户们那样，是为了防备贼人的抢劫呢？答案显然是否定的。因为晁盖明确讲过："我七个只有些枣子，别无甚财赋。"很显然，晁盖他们之所以会人手一条朴刀，并不是为了防备贼人来抢枣子，而是为了方便自己去抢生辰纲。

由此看来，吴用对于"力取"的这个备选方案，还是有着充分准备的。


## 打了一副烂牌

单就劫取生辰纲这个行动方案来说，吴用的计策是相当出彩的：不但有铺垫，而且还层层推进。既然吴用制定了这么完美的行动方案，这生辰纲的案件为什么又会如此轻

容与堂本《吴用智取生辰纲》

易地就被官府破获了呢？

从整个计划的实施过程来看，晁盖他们犯了几个致命的错误，而正是这些错误直接导致生辰纲案被济州官府轻松告破，并最终把晁盖他们"逼上了梁山"。晁盖他们到底犯了哪些致命错误？

错误之一：入住客店。

小说第十六回，晁盖等人商议劫取生辰纲的方案时，吴用曾这样说道："只这个白胜家便是我们安身处，亦还要用了白胜。"可见当初商量劫取方案的时候，为了安全起见，吴用是主张住在安乐村的白胜家里的。住在白胜家里便于隐蔽，对整个行动来说，会更加安全。但到了最后的行动阶段，晁盖却莫名其妙地摈弃了吴用的计划，冒着极大的风险，选择去住安乐村的王家客店。

小说第十八回，劫取生辰纲案发后，那个曾在安乐村王家客店里帮忙接待来客的何清，就这样向他的哥哥济州府缉捕使臣何涛回忆道："我却认得一个为头的客人，是郓城县东溪村晁保正。"晁盖的这一住店行动，直接带来了一个非常严重的后果，那就是彻底暴露了自己的身份和行踪。因为官府有明文规定：但凡开客店的，都要在店里设置登记文簿。每当有客人前来入住时，必须问清楚客人的来龙去脉，然后一一写在登记文簿上。官司查照时，每月一次，报到里正处。

错误之二：自我介绍。

何清此前曾跟着一个赌汉，去东溪村投奔过晁盖，所以能认出为头的那个客人是郓城县东溪村的晁保正。但问题是，晁盖并不认得何清。见晁盖他们进了客店，何清便拿着登记文簿，问晁盖道："客人高姓？"不料，毫无准备的晁盖竟然一时语塞了。这时，一个三髭须白净面皮的人便抢过来答道："我等姓李，从濠州来贩枣子，去东京卖。"何清虽然按照这个三髭须白净面皮人的说法，在登记文簿上做了登记，但是心里却早已打起了小鼓点，起了疑心。

对案发前一天的情况，何清是这样向何涛回忆的：那天是六月初三日，有七个贩枣子的客人，推着七辆江州车子，来王家客店里住宿。从何清的这段回忆中，我们不难看出，何清至少发现了晁盖他们这样三个可疑之处：

一是，晁盖明明是东溪村的保正，是许多人都认识的江湖名人，为什么那个三髭须白净面皮的人要把晁盖说成是贩枣子的客商？而且，还把晁盖的籍贯改成了濠州？

二是，晁盖明明姓"晁"，可那个三髭须白净面皮的人，却偏偏要说他姓"李"，这又是为什么？更为蹊跷的是，不但这晁盖姓"李"，与他一块来的其他六个人也都姓"李"。天底下哪有这样巧的事情？金圣叹读到这里也感慨道："以吴用之智而又适以智败，世界之窄，不已甚乎！"此言甚是。

三是，那个三髭须白净面皮的人明明说自己是从濠州来，贩枣子去东京卖的客商，为什么推的车子是千里之外的江州车子？这牛头不对马嘴的安排，又是想掩盖什么？

所以，后来劫取生辰纲一案发，何清马上就明白是怎么一回事了："我猜不是晁保正，却是兀谁！"

错误之三：白胜露馅。

何清继续向何涛回忆：第二天，也就是六月初四，劫取生辰纲案发的当天，王家客店的店主人带着何清去村里赌博。当他们来到一处三岔路口的时候，看见一个汉子挑着两个桶走了过来。何清不认得那个汉子，但是店主人却认得他。于是，店主人便与那个汉子打了个招呼："白大郎，那里去？"

那个汉子答道："有担醋，将去村里财主家卖。"

店主人回头就与何清说道："这人叫做白日鼠白胜，他是个赌客。"

何清听了，便记在了心里。

问题又来了，这白胜挑的明明是一担酒，他为什么要对店主人说是一担醋呢？这酒香与醋酸，只要你没感冒，都能从大老远的地方闻出个所以然。可是，白胜却睁着眼睛说瞎话，愣是要把那两桶酒说成是两桶醋。

错误之四：过分自信。

智取生辰纲之后，小说第十八回里有两个地方写到了所劫赃物的去向。一处是在白胜家，济州府的公人从白胜床底下的泥地里，掘出了一包金银；还有一处是讲阮氏三兄弟分得了钱财之后，就离开晁家庄回石碣村去了。可见晁盖他们劫了生辰纲之后，并不是像其他绿林好汉那样立即就设法掩藏赃物，抹去作案痕迹，等到风平浪静之后再来论功行赏，而是一劫到生辰纲就大大咧咧地坐地分赃，然后各自回家快活去了。由此，就给官府快速坐实生辰纲的案情，提供了充分的可能。

更加让人不可思议的是，晁盖他们劫了生辰纲之后，就好像没事人似的，竟然没有一点警惕之心。当那些前来抓捕晁盖的济州府缉捕人员赶到郓城县的时候，晁盖他们正坐在葡萄树下悠然自得地喝酒消夏。晁盖他们未免太自信了吧？

错误之五：糟糕的保密。

晁盖他们抢劫生辰纲的行动，用宋江的话来说，犯的是"迷天大罪，捕获将去，性命便休了！"那么，就是这样一件性命关天的惊天大案，晁盖他们的保密工作又做得如何？可以不客气地说，晁盖他们的保密工作做得是一塌糊涂！各位看官请看，晁盖案发逃走后，两个庄客是怎样回答郓城知县的询问的。那两个庄客招供道："先是六个人商议，小人只认得一个，是本乡中教学的先生，叫做吴学究；一个叫做公孙胜，是全真先生；又有一个黑大汉，姓刘。更有那三个，小人不认得，却是吴学究合将来的。听得说道：'他姓阮，在石碣村住。他是打鱼的，弟兄三个。'只此是实。"

好家伙，这两个庄客一口气竟将吴用等六个人的情况，全都说了个清清楚楚。可见，晁盖他们压根就没有做什么保密工作，而是就这样大大咧咧地在众多的庄客面前，谋划着劫取生辰纲这样的惊天大劫案。

可以这样说，正是晁盖他们所犯的这些个错误，才把手里的那一副好牌，活生生地给打烂了。

## 每日理论不下

生辰纲被劫案震动了朝野，但令人奇怪的是，围绕这桩惊天大案的侦破工作，却发生了许多耐人寻味的故事。

小说第十七回，蔡太师看了梁中书报来的生辰纲被劫的书札后，大惊道："这班贼人，甚是胆大！去年将我女婿送来的礼物，打劫了去，至今未获；今年又来无礼，如何干罢！"于是，蔡太师马上就押了一纸公文，派了一个得力的府干，星夜赶到济州府，让济州府尹立等捉拿这伙贼人，即刻回报。可见，蔡太师真的是震怒了。

但是，我们再来看看济州府尹此前接到梁中书发来的札付后的表现，却是颇有些蹊跷。小说写道："且说济州府尹自从受了北京大名府留守司梁中书札付，每日理论不下。"这就奇了怪了。既然在济州地面发生了生辰纲被劫这样的惊天大案，济州府尹为什么不赶紧督促那一班公人去破案立功，却反而要坐在府里"每日理论不下"？济州府尹"每日理论不下"的，又是些什么东西？

各位看官，济州府尹接到梁中书的札付之后，之所以会"每日理论不下"，其实是有他的难言苦楚的。

首先，这生辰纲案的案子报得有些不明不白。话说老都管他们喝了白胜的蒙汗药酒后，一直到了二更天方才苏醒过来。老都管埋怨众人道："你们众人不听杨提辖的好言语，今日送了我也！"众人便建议道："若还杨提辖在这里，我们都说不过；如今他自去的不知去向，我们回去见梁中书相公，何不都推在他身上？只说道：'他一路上，凌辱打骂众人，逼迫得我们都动不得。他和强人做一路，把蒙汗药将俺们麻翻了，缚了手脚，将金宝都掳去了。'"

老都管同意了他们的建议，天一亮就来济州府里报了案。但是，济州府尹却对老都管他们报的案子产生了怀疑。

怀疑一，杨志没有作案的动机。在济州府尹看来，杨志作为梁中书亲自挑选的生辰纲押运人，可以说是梁中书的亲信，应该有着光明的前程。所以，杨志完全没有理由，也完全没有必要，冒着杀头的干系，去与贼人通同，做下这样的案子，自毁前程。

怀疑二，杨志没有作案的迹象。生辰纲被劫案的关键点，在于那桶蒙汗药酒是谁让老都管他们去吃的。据老都管他们自己陈述，那桶蒙汗药酒是他们自己主动买来吃的。作为此案关键的蒙汗药酒，根本就不干杨志的事。分析整个案情，济州府尹一点也看不出杨志帮劫匪做了些什么，也看不出杨志在这场劫案中起了什么作用。至于老都管所说的将索子捆缚了众人这样的话，更是没有几分可信度。

怀疑三，杨志为何会失踪。据老都管他们陈述，"杨志和那七个贼人，却把生辰纲财宝并行李，尽装载车上将了去"。关于生辰纲被劫案的案情，自始至终都是老都管他们在叙说，而当事人杨志早已不见了踪影。那么，杨志到底去哪里了？杨志真的是伙同劫匪当了贼人，还是因为监管失误，畏罪潜逃了？或者是另有隐情？在济州府尹看来，杨志的失踪非常令人生疑。

从上述几个疑点来看，济州府尹觉得老都管他们报的案应该有问题，而且极有可能报的是个假案。再联想去年那桩至今还没有破获的生辰纲被劫案，于是，摆在济州府尹面前的问题，就有点复杂化了。一是，作为蔡夫人亲信的老都管为什么要来报这个假案？是谁指使他的？那个指使他报假案的神秘人物，他的真实意图又是什么？二是，梁中书第一时间给济州府尹写了札付，梁中书为什么要求济州府尹来查这个假案？难道梁中书不知道这是个假案吗？对于这个案子，梁中书是真的想一查到底，还是只想走个过场，装个样子？

其次，这生辰纲贼人的行踪有点不清不楚。何涛领了府尹限期破案的台旨后，回到使臣房里召集那班公人前来商议如何去破这个案子。那班公人道："只是这一伙做客商的，必是他州外府深山旷野强人遇着，一时劫了他的财宝，自去山寨里快活，如何拿的着？便是知道,也只看得他一看。"这班公人的话语道出了济州府尹"每日理论不下"的另一个困惑，那就是这伙劫匪究竟是何方神圣？他们是本府地面的，还是他州外府的？如果这伙劫匪是本府地面的，那么在自己的治下发生了这样的惊天大案，作为府尹显然是难辞其责的。如果这伙劫匪是他州外府的，那么他们得手之后早已自去山寨快活了，又如何能够拿得着他们？根本就无计可施。但是反过来说，如果这伙劫匪真的是他州外府的，对济州府尹来讲未尝不是件好事情。

所以，对于生辰纲被劫这个案子，到底是查下去对自己有利，还是念个"拖"字诀拖着不办会更好？作为济州府尹，真的是要煞费心思,认真研究一番了。

但在见了太师府的府干后，情况就不一样了。太师府府干对济州府尹说道："临行时，太师亲自分付,教小人到本府，只就州衙里宿歇,立等相公，要拿这七个贩枣子的，并卖酒一人，在逃军官杨志，各贼正身。限在十日捉拿完备，差人解赴东京。若十日不获得这件公事时，怕不先来请相公去沙门岛走一遭。"济州府尹这时方才大惊，他从府干的这番话里，一下子明白了问题的严重性。于是，他便不再"理论不下"了，而是立马就落实了缉捕人员的责任。

济州府尹对何涛喝道："领太师台旨：限十日内，须要捕获各贼正身，完备解京。若还违了限次，我非止罢官，必陷我投沙门岛走一遭。你是个缉捕使臣，倒不用心，以致祸及于我。先把你这厮迭配远恶军州，雁飞不到去处！"说着便唤过文笔匠来，当场在何涛脸上刺下了"迭配……州"的字样，只是空着州名。接着，济州府尹发落何涛道："何涛，你若获不得贼人，重罪决不饶恕！"

济州府尹的这番话，着实让何涛压力山大，夜不能寐了。俗话说得好，没有压力，哪来的动力？于是，重压之下的何涛一转眼就把这个案子给破了。

那么，何涛他们起初为什么就迟迟破不了案？


## 不如不作为


生辰纲被劫案说复杂也复杂，说简单也简单。说这个案子复杂，只是因为何涛这班公人把案子搞复杂了。各位看官请看何涛起初是如何应付济州府尹的。济州府尹听了太师府府干的那席话后，当即就唤了何涛等缉捕人员前来问话。济州府尹问道："前日黄泥冈上打劫了去的生辰纲，是你该管么?"何涛答道:"禀复相公:何涛自从领了这件公事,昼夜无眠,差下本管眼明手快的公人,去黄泥冈上往来缉捕;虽是累经杖责,到今未见踪迹。非是何涛怠慢官府,实出于无奈。"

从何涛的这番回话中,我们不难看出何涛对这个案子好像是非常用心了。接了案子之后,不但自己昼夜无眠地忙碌费心,而且还派出了眼明手快的公人,在黄泥冈上往来缉捕,只是至今尚没有发现劫匪的丝毫踪迹。何涛话里的意思很明白,不是他何涛怠慢了官府,而是这伙劫匪实在是太狡猾了,这个案子实在是太难侦办了,他们实在是没有办法了。

但是,济州府尹一眼就看穿了何涛玩的小把戏,喝道:"胡说!'上不紧则下慢'。"然后,就命令何涛务必在十日内破案,否则就将他刺配到远恶军州,雁飞不到的地方去。

何涛领了济州府尹的台旨后,立即召集那班公人一起商议如何来侦办这个案子。但那班公人只面面相觑,如箭穿雁嘴,钩搭鱼鳃,看着何涛一言不发。何涛心急如焚,说道:"你们闲常时,都在这房里赚钱使用;如今有此一事难捉,都不做声。你众人也可怜我脸上刺的字样。"众人便道:"上复观察:小人们人非草木,岂不省的?只是这一伙做客商的,必是他州外府深山旷野强人遇着,一时劫了他的财宝,自去山寨里快活,如何拿的着?便是知道,也只看得他一看。"何涛听了这番话，原来只有五分的烦恼，现在又添了五分。

可见，并不是这个案子有多么复杂，而是这班公人压根就不想去侦办这个案子。他们只是想找各种理由，把这个案子搞得好像很复杂的样子，然后搪塞了事，混过一天是一天。

说这个案子简单，其实真的是很简单。第一，这件案子的线索是很多的。简单地梳理一下，这起劫案的线索至少有这样几条是昭然若揭的：一是，这伙劫匪是八个人组成的团队；二是，这伙劫匪的主体是扮作贩卖枣子的客商的那七个人；三是，这伙劫匪有个卖酒的人作为策应；四是，这伙劫匪应该在黄泥冈附近有个落脚点；五是，这伙劫匪的行动路线是很清晰的。

第二，这些案件的线索又是很好查的。一是，这伙劫匪扮作贩枣子的客商，又推着江州的车子，所以他们的行踪应该是比较引人注目的。二是，那卖酒的劫匪挑着一担酒，应该就是黄泥冈周边的人。三是，但凡客人来店里住宿，客店都要把客人的来龙去脉详细地写在登记文簿上。只要查一查黄泥冈周边客店的住宿记录，就有可能发现这伙劫匪的踪迹。

其实，只要何涛手下那两三百个眼明手快的公人到案发现场，到黄泥冈周边的村庄客店，认认真真地去寻查一遭，就肯定会有收获。但问题是，何涛这班公人为什么会对这么明显的案件线索视而不见？答案还是他们压根就不想用心去破案。在何涛这班公人的眼里，不办事，才是最好的办事方法；不作为，才是最好的作为。

小说中，类似的情况可以说是比比皆是。比如，小说第十八回《宋公明私放晁天王》写道，眼见得晁盖就要逃走了，郓城县尉便叫土兵们前去追赶，但那些土兵们心里却说道："两个都头，尚兀自不济事，近他不得，我们有何用？"于是，那些土兵们只是向前虚赶了一阵，就回来向县尉交差了："黑地里正不知那条路去了。"那些土兵们很清楚，在贼人面前，明哲保身才是第一位。如果一定要强行，那么最后吃亏的只能是他们自己。

再比如，小说第三十四回《霹雳火夜走瓦砾场》写道，清风山的好汉们正在聚义厅里商讨如何去打清风寨，这时，只听小喽啰前来报告道："秦明引兵马到来！"于是，这些清风山的好汉们便都面面厮觑，俱各骇然。小说第四十九回《孙立孙新大劫牢》，孙新同登云山的强人邹润这样说道："我的亲哥哥现做本州军马提辖，如今登州只有他一个了得。几番草寇临城，都是他杀散了，到处闻名。"

这霹雳火秦明和病尉迟孙立，分别是青州府的兵马统制和登州府的军马提辖，负责着一方的社会治安。从小说的描写来看，只要秦明出马，似乎就可以荡平清风山的贼人了，因为一听说秦明过来了，那些清风山的好汉们便都面面厮觑，俱各骇然。可事实是，秦明并不热衷于去剿匪，只是到了万不得已的时候，才会偶尔起个兵，出个马。那登州府也一样，虽然几番草寇临城，都被孙立杀散了，但是孙立也仅仅只是杀散了这些临城的草寇而已。

作为朝廷官员的秦明、孙立，为什么不一举剿灭了贼人草寇，以永绝后患呢？原因只有一个，那就是秦明、孙立他们不作为。秦明、孙立都明白，如果在他们的治下总是匪患不绝，那么他们就可以满满地去刷存在感了，就有向朝廷要钱要物的资本了。显然，何涛他们也是这样认为的。那班公人和朝廷的官员们，只有与这些匪患共存亡，才能彰显他们的存在价值。如此，生辰纲被劫案一开始迟迟破获不了，也就在情理之中了。

# 林冲休妻之谜

## 怎一个怕字了得？

林冲被高俅设计陷害，开封府断为刺配沧州牢城。临行前，众邻舍和林冲的丈人张教头来到州桥下的酒店里，给林冲送行。这时，林冲却当着众人的面，对张教头提出了休妻的要求。

小说第八回写道，林冲向丈人张教头行了个执手礼，说道："自蒙泰山错受，将令爱嫁事小人，已经三载，不曾有半些儿差池。虽不曾生半个儿女，未曾面红面赤，半点相争。今小人遭这场横事，配去沧州，生死存亡未保。娘子在家，小人心去不稳，诚恐高衙内威逼这头亲事；况兼青春年少，休为林冲误了前程。却是林冲自行主张，非他人逼迫。小人今日就高邻在此，明白立纸休书，任从改嫁，并无争执。如此林冲去的心稳，免得高衙内陷害。"

张教头听了，哪里肯应承；众邻舍也都说行不得。林冲坚持道："若不依允小人之时，林冲便挣扎得回来，誓不与娘子相聚。"张教头万般无奈，只得应允道："既然恁地时，权且由你写下，我只不把女儿嫁人便了。"于是，林冲就叫酒保寻了个写文书的人，林冲说，那人写，当即就写下了一份休书。

林冲对自己的娘子为什么会如此绝情，即便能挣扎得再回东京，也誓不与娘子相聚？难道是他们夫妻之间的感情不好吗？答案显然是否定的，林冲与娘子的感情应该是很好的。用林冲自己的话说："虽不曾生半个儿女，未曾面红面赤，半点相争。"见林冲要被发配沧州，林娘子是一路啼哭着前来送行的。小说写道："只见林冲的娘子，号天哭地叫将来，女使锦儿抱着一包衣服，一路寻到酒店里。"而见到那份休书之后，林娘子更是一时哭倒在地。后来林冲火并了王伦，在梁山上站稳了脚跟之后，他想做的第一件事情就是去东京搬取娘子上山团圆。这些都是林冲夫妻一往情深的明证。

既然林冲与娘子的感情这么深，为什么他还要提出休妻的要求呢？有的论者说，林冲休妻是因为林冲善良。比如，周思源先生在《周思源新解〈水浒传〉》里指出："《水浒传》极力写出林冲的善良。……林冲处处为他人着想，主动提出休妻，尤其令人感动。"林冲怕自己此去沧州牢城，生死存亡未保，唯恐耽误了娘子的青春，所以才不得不忍痛割爱，取此休妻的下下之策。但这样的说法，显然是不符合小说实际的。其实，林冲休妻并不是如他自己所说的，是为娘子考虑，"诚恐误了娘子青春"；林冲休妻的目的只有一个，那就是自保。

为什么说林冲休妻的实质是为了自保呢？首先，我们来看林冲是如何处理高衙内调戏自己娘子这件事情的。

小说第七回，高衙内曾先后两次调戏了林冲娘子。第一次是在岳庙。这天，林冲陪着娘子去岳庙烧香还愿，却意外碰到了那个把六十二斤重的禅杖使得游刃有余的鲁智深。两人相见恨晚，当即就结拜为异姓兄弟，喝酒相庆。林冲与鲁智深两人才刚刚喝了三杯酒，只见女使锦儿慌慌张张地跑了过来，在围墙边叫道："官人休要坐地！娘子在庙中和人合口。"林冲一听这话，急忙别了鲁智深，跳过围墙，和锦儿奔往岳庙。

赶到五岳楼里，只见楼梯上一个年少的后生正独自背立着，拦住林冲的娘子道："你且上楼去，和你说话。"林冲娘子红了脸道："清平世界，是何道理把良人调戏？"林冲见状就赶到跟前，一把扳过了那后生的肩胛，喝道："调戏良人妻子，当得何罪！"

正当林冲举拳要打的时候，却发现这个后生竟然是高太尉的义子高衙内。于是，戏剧性的一幕就出现了。林冲那原本高高举起的拳头，此刻并没有打下去，而是"先自手软了"。那些帮闲的见了，就都过来解围。林冲怒气未消，只是"一双眼睁着瞅那高衙内",一句话也没说。事后,林冲对赶来相帮的鲁智深是这样说的:"原来是本官高太尉的衙内,不认得荆妇,时间无礼。林冲本待要痛打那厮一顿,太尉面上须不好看。自古道:'不怕官,只怕管。'林冲不合吃着他的请受,权且让他这一次。"

为了自己眼前的利益,为了自己所谓前途,面对着高衙内的淫威,林冲的选择只是一个"忍"字,也就是他对鲁智深所说的"权且让他这一次"。但是,金圣叹在"权且让他这一次"句下是这样批的:"是可让,何不可让? 住人廊庑,虽林武师无可如何矣,哀哉!"此言甚是。

高衙内第二次调戏林冲娘子,是在陆谦家里。陆谦为了讨好高衙内,就听从了高衙内和富安的安排,骗林冲出外喝酒。林冲在樊楼喝了八九杯酒后,想到店外去方便,不想却碰到一路寻来的女使锦儿。听锦儿说娘子被人骗到陆虞候的家里去了,林冲不觉大吃了一惊,连忙三步并做两步,跑到了陆虞候的家里。等林冲赶到楼梯口的时候,却见那楼门正紧紧地关着。只听得里面林娘子叫道:"清平世界,如何把我良人妻子关在这里?"又听得高衙内道:"娘子,可怜见救俺。便是铁石人,也告得回转。"林冲就站在楼门口叫道:"大嫂开门。"

林娘子听见是林冲的声音,就过来开门。那高衙内见林冲来了,吃了一惊,连忙打开窗子,跳墙走了。林冲来到楼上,寻不见高衙内,就问娘子道:"不曾被这厮点污了?"娘子道:"不曾。"于是,林冲就把陆虞候的家砸了个粉碎。陪娘子回到家里后,林冲就拿了一把解腕尖刀,径奔到樊楼,去寻陆虞候了。

各位看官看到这里,有没有发现林冲的一个反常现象?林冲为什么不直接踹开门冲进去,而要叫娘子来开门?这样不是给高衙内留足了逃跑时间吗?没错,林冲要的,就是让高衙内有时间自己消失掉。林冲怕直接踹开门冲进去,会撞见了高衙内,而撞见对方后,无论是打还是骂,对林冲来说都是不可取的。所以,林冲虽然急着赶来救娘子,但是到了楼门口,却只是"立在胡梯上",叫娘子来开门。

## 委是自行情愿

林冲把陆虞候家砸了个粉碎后,心中怒火还是难消,于是拿了一把解腕尖刀去寻陆虞候。林冲尽管很气愤,但最终还是没敢真的动手杀了这个姓陆的"畜生",因为那陆虞候的身后,不但站着一个高衙内,还站着一个高俅。那么,林冲又是如何来处理这场危机的呢?

小说写道,过了四天,鲁智深来林冲家里探望。鲁智深问林冲道:"教头如何连日不见面?"林冲并没有把高衙内再次调戏自己娘子的事情告诉鲁智深，而只是草草地应付道："小弟少冗，不曾探得师兄。既蒙到我寒家，本当草酌三杯，争奈一时不能周备。且和师兄一同上街间玩一遭，市沽两盏如何？"林冲就这样简单地搪塞了过去。接着，林冲就与鲁智深两人来到街上，喝了一天的酒。然后，又约了第二天继续喝。从此，林冲每天都与鲁智深上街喝酒，渐渐地就把寻陆虞候这件事给放下了。其实，林冲是在借酒浇愁，他想用喝酒的方式来麻痹自己，来自欺欺人，来给自己找个放下的台阶。

林冲见了前来相探的鲁智深，为什么不同他说实话呢？其实不是林冲不想说，而是他不敢说。鲁智深曾明确告诉过林冲："你却怕他本官太尉，洒家怕他甚鸟？俺若撞见那撮鸟时，且教他吃洒家三百禅杖去。"所以，林冲怕鲁智深知道了事情的真相后去找高衙内，甚至是高俅的麻烦，然后闯祸连累自己。对这件事，余象斗本的批语批得很有见解："林冲见智深不以衙内事言，心非瞒深，恐深性急而反招祸也。"面对残酷的现实，林冲的选择，既不是鲁智深般的奋力抗争，也不是王进似的举家远走，而是心存侥幸，委曲求全。

我们再来看看林冲写的那封休书，也可以从中推断出林冲休妻的实质是为了自保。林冲的休书是这样写的："东京八十万禁军教头林冲，为因身犯重罪，断配沧州，去后存亡不保。有妻张氏年少，情愿立此休书，任从改嫁，永无争执。委是自行情愿，即非相逼。恐后无凭，立此文约为照。年月日。"

林冲这份休书，写得有点意味深长。至少有这样三个问题，读来颇耐人寻味。

一是身份问题。

林冲自己说是"为因身犯重罪，断配沧州"，但休书中却仍自称是"东京八十万禁军教头林冲"。那林冲明明已"身犯重罪，断配沧州"了，为什么还要以原先禁军教头的身份来自称呢？答案就一个，那就是林冲还留恋着自己的过往，对自己的未来仍心存着幻想，幻想有朝一日能够回到原先的生活，回归体制，这也是林冲面对不公平的遭际时，选择委曲求全、逆来顺受的根本原因。

二是案由问题。

林冲对高俅横加给自己的"莫须有"的罪名并不抗争，而是逆来顺受，听天由命。只说自己是"身犯重罪"，将自己的不平遭遇，简单地归于命运的不济，说什么是"年灾月厄，撞了高衙内，吃了一场屈官司"。对高俅、高衙内这些恶意陷害他的恶人，林冲采取的态度是屈服，而不是愤恨；是顺从，而不是反抗。金圣叹显然也看到了问题的蹊跷，于是就这样批道："'重罪'妙。此书分明写与高衙内者，故竟云重罪，不云其他情节也。"金圣叹的批语说得很直白，那就是林冲的这份休书，并不是写给林娘子的，而是写给高衙内的，所以他要说自己是"身犯重罪",而不讲其他。

三是态度问题。

林冲把休妻的责任全都揽在了自己身上,说是"委是自行情愿,即非相逼"。林冲的话说得很清楚,休妻是他自愿的行为,并不是受了他人的逼迫。天下哪有这样写休书的?林冲之所以会这样写,其原因仍是那句话,就是怕得罪了高俅和高衙内,只得揽责以自保。所以,金圣叹就在"委是自行情愿,即非相逼"句下批道:"句句出脱衙内。"

林冲很明白,自己与高俅、高衙内之间的矛盾,其根源就在于自己的娘子。在高衙内碰到林娘子之前,高俅是颇看得起林冲的,连陆谦也说"太尉又看承得好(林冲)"。所以,当高俅初次听到陆谦谋害林冲的毒计时,一度还有些犹豫,对老都管说道:"如此因为他浑家,怎地害他? —— 我寻思起来,若为惜林冲一个人时,须送了我孩儿性命,却怎生是好?"因此,林冲只有撇清了与娘子的关系,解除了与娘子的婚约,才有可能在这场危机中全身而退。

由此可见,林冲休妻与善良完全搭不上边。林冲的处事原则只是"利己"两字。

但可悲的是,林冲虽然为了自保休了自己的娘子,但最终仍然没有逃出高俅的魔爪。可以想见,当林冲望着草料场上那熊熊燃烧的冲天大火,听着山神庙外那无耻小人的得意言语,他的内心该是多么地吃惊、多么地愤怒!突然间,林冲明白了，人竟然可以如此无耻，如此歹毒！眼前的熊熊大火，烧灭了林冲的一切希望。于是，以前那个委曲求全、处处小心、逆来顺受的林冲死了。那个打开山神庙的大门，迎着满天风雪走来的，已是一个烈汉！

陈洪绶《水浒叶子》之豹子头林冲

容与堂本《林教头风雪山神庙》

# 林冲火并王伦之谜

## 王伦的异心

火并王伦是林冲上了梁山之后做的第一件大事情，也正是这件事确立了晁盖在梁山的领导地位，直接影响了梁山事业的后续发展。对林冲火并王伦的动机，有种通行的说法是，林冲之所以会火并王伦，全是因为王伦妒贤嫉能，不能容人。林冲此举，展现的是林冲夺目的英雄气概。但这样的说法，其实是不符合小说原意的。如果我们细读小说，就会发现，火并王伦的主使者实际上是吴用。而林冲，只不过是被吴用当枪使了而已。

首先，王伦自始至终都不希望晁盖他们上山入伙。有种很流行的说法，说王伦起初是欢迎晁盖他们入伙的，只是后来听了晁盖在席间所说的那番杀了官兵捕盗巡检之类的话语之后，才改变了自己的初衷。事实果真是这样的吗？答案显然是否定的。

我们且来看小说第十九回是怎样描写晁盖他们上梁山的。晁盖他们在石碣村打败了何涛带领的官军后，来到了朱贵的酒店。朱贵便马上写了一封书信，向王伦报告想上梁山入伙的晁盖他们的情况。第二天一大早，朱贵就陪着晁盖他们上了梁山。王伦领着一班头领，亲自出关迎接。

王伦道："小可王伦，久闻晁天王大名，如雷灌耳。今日且喜光临草寨。"

晁盖道："晁某是个不读书史的人，甚是粗卤，今日事在藏拙，甘心与头领帐下做一小卒，不弃幸甚。"

王伦道："休如此说，且请到小寨，再有计议。"

在酒席间，晁盖就把自己上梁山前前后后的事情，从头至尾都向王伦述说了一遍。王伦听罢，骇然了半晌，做声不得，自己沉吟，虚应筵宴。晚上酒席散了之后，王伦就送晁盖他们去关下客馆里安歇了。小说的这段描写很有意味，从中我们可以看出这样几个问题：

一是，王伦并不欢迎晁盖他们上山入伙。王伦见了晁盖之后，所讲的第一句话就是："久闻晁天王大名，如雷灌耳。今日且喜光临草寨。"王伦是个落第的秀才，应该是有点文化的。各位看官请注意王伦说话时的两个用词：一个是"光临"，这是个敬辞；一个是"草寨"，这是个谦辞。王伦用这两个词的言下之意很清楚，那就是我王伦觉得，你晁盖今天来梁山并不是来入伙的，而只是"光临"我梁山这个"草寨"。尽管朱贵已经向王伦汇报了晁盖他们想入伙的愿望，而且晁盖也当面向王伦表达了自己的想法，但王伦是怎么回应晁盖他们的呢？王伦很有礼貌地打了个太极，应付晁盖道："休如此说，且请到小寨，再有计议。"

　　各位看官请注意，王伦在这里又一次使用了一个谦辞"小寨"。可见，王伦不想让晁盖他们入伙的态度是明确的，也是坚决的。不当场拒绝晁盖的要求，只是碍于落第秀才所谓礼数。袁无涯本显然也看出了这个问题，所以就在夹批中写道："便有他心。"此言甚是。

　　二是，王伦对晁盖他们是很有戒心的。王伦虽然把欢迎晁盖的场面搞得很隆重，不但亲自领着一班头领出关迎接，而且还宰牛杀羊大摆筵席，以至晁盖见了这样的热闹场面，还颇为感动，心中欢喜。但其实，这只不过是王伦做给晁盖他们看的一种样子而已。席间，王伦有个举止，很令人寻味，那就是王伦在听了晁盖所讲的上梁山的原委之后，竟然骇然了半晌。吴用对此的解释是："兄长不见他早间席上与兄长说话，倒有交情；次后因兄长说出杀了许多官兵捕盗巡检，放了何涛，阮氏三雄如此豪杰，他便有些颜色变了。虽是口中应答，动静规模，心里好生不然。"

　　王伦真的是因为听闻了晁盖所讲的杀了许多官兵捕盗巡检的事情，才骇然了半晌的吗？答案显然是否定的。各位看官应该知道，晁盖他们杀死那些官兵捕盗巡检的地点，就在紧傍着梁山泊的石碣村的湖荡里。晁盖他们一口气杀死了五百个官兵，而且公孙胜还祭风火烧了四五十只官船，那动静规模闹得如此之大，近在咫尺并在外围设了朱贵等许多眼线的梁山，哪里会有不知情的道理？所以，王伦应该是早就知道晁盖他们杀死官兵捕盗巡检这件事情的。王伦之所以会有这样的表情，其实只是王伦内心纠结的自然流露而已。

王伦是一边听着晁盖杀死官兵捕盗巡检的滔滔不绝，一边在深深后悔今天同意晁盖他们上梁山的草率之举。王伦认为自己不是晁盖他们的对手，万一动起手来，梁山泊恐会就此易主。所以，王伦在席间内心沉吟，虚应筵宴，就是要想出个万全之策，来应对眼前这个不尴不尬、危机四伏的局面。

那么，王伦是如何应对眼前这个危机四伏的局面的呢？王伦想出的万全之策就是，在确保自身安全的前提下，内紧外松，尽可能地做足礼节文章，尽早礼送晁盖他们离开梁山。王伦紧接着采取了这样三个措施：一是，在酒席上不明确晁盖他们在梁山的座位问题，以此来婉转地表明自己的态度。这一点晁盖没有看出来，但吴用却是心知肚明了。吴用是这样告诉晁盖的："若是他有心收留我们，只就早上便议定了座位。"二是，在酒席散了之后，安排晁盖他们去关下客馆里安歇。三是，第二天摆酒赠金，礼送晁盖他们下山，让他们另投他寨歇马。

王伦为什么要安排晁盖他们到关下客馆内安歇？第二天早上，林冲来见晁盖时所说的一句话，揭开了王伦这样做的谜底："此人只怀妒贤嫉能之心，但恐众豪杰势力相压。夜来因见兄长所说众位杀死官兵一节，他便有些不然，就怀不肯相留的模样，以此请众豪杰来关下安歇。"原来，王伦安排晁盖他们到关下安歇，是为了防备晁盖，"但恐众豪杰势力相压"。所以，金圣叹就在"至晚席散，众头领送晁盖等众人关下客馆内安歇"句下，这样批道："此一句写王伦异心。"此言甚是。

这个关下又是个什么去处？小说第十一回，是这样描写梁山的防守地形的：林冲从金沙滩上岸以后，只见两边都是合抱的大树，半山里一座断金亭子。再转过来，见座大关。关前摆着枪刀剑戟，弓弩戈矛，四边都是檑木炮石。林冲、朱贵二人进得关来，又过了两座关隘，方才到寨门口。由此可见，王伦安排晁盖他们所住的关下，是个什么地方了。

各位看官应该还记得那个房山寨主廖立的下场吧？小说第一百四回，王庆被官兵追捕，李助就建议王庆去房山落脚。廖立听说王庆如此了得，更有段家兄弟帮助，人多势众，担心日后自己受他们的气，所以当场拒绝了王庆他们想上房山落脚的提议。结果，廖立被王庆一朴刀搠翻，丢了性命。

所以，王伦所采取的这一"内紧外松，以礼相送"的应对之举，应该说是切实可行的，既给双方留足了面子，又达到了自己不想让晁盖入伙的目的。那么，王伦这个看似可行的方案，为什么到了晁盖这里就失灵了呢？因为，晁盖的团队里有个早就觊觎梁山泊主之位的吴用，吴用略施小计，那王伦的策略就只能以失败告终了。

其次，吴用设计激怒林冲火并了王伦。吴用是个明眼人，一上梁山，吴用就从林冲看王伦的眼神里，发现了林冲与王伦之间的矛盾。于是，吴用便与晁盖商量道："只有林冲那人，原是京师禁军教头，大郡的人，诸事晓得；今不得已，坐了第四位。早间见林冲看王伦答应兄长模样，他自便有些不平之气，频频把眼瞅这王伦，心内自己踌躇。我看这人，倒有顾盼之心，只是不得已。小生略放片言，教他本寨自相火并。"晁盖道："全仗先生妙策良谋，可以容身。"

第二天一早，林冲果然下关来找晁盖他们了。林冲进门所说的第一句话，便是："小可有失恭敬。虽有奉承之心，奈缘不在其位，望乞恕罪。"

俗话说得好，锣鼓听声，说话听音。吴用从林冲的这句话里，立马就明白了林冲的心思。

于是，吴用便马上答道："我等虽是不才，非为草木，岂不见头领错爱之心，顾盼之意，感恩不浅。"

接着，吴用又说道："小生旧日久闻头领在东京时，十分豪杰，不知缘何与高俅不睦，致被陷害。后闻在沧州，亦被火烧了大军草料场，又是他的计策。向后不知谁荐头领上山？"

然后，吴用就在言语之间给林冲用上了激将法，好让林冲与王伦自相火并。对吴用的心思，袁无涯本有句眉批看得很分明："开口便提醒恩仇，拨动火种。"那么，吴用对林冲是怎样使用激将法的呢？

## 倒有分做山寨之主

吴用分别在两个场合，对林冲使用了激将法。第一个场合，是在关下客馆。吴用对林冲说道："据这柴大官人，名闻寰海，声播天下的人，教头若非武艺超群，他如何肯荐上山？非是吴用过称，理合王伦让这第一位头领坐。此合天下之公论，也不负了柴大官人之书信。"吴用说得很直白，你林教头武艺超群，所以理应坐梁山的第一把交椅。这既是天下的公论，也不辜负了柴进的面子。

林冲听了答道："承先生高谈，只因小可犯下大罪，投奔柴大官人，非他不留林冲，诚恐负累他不便，自愿上山。不想今日去住无门！非在位次低微，且王伦只心术不定，语言不准，难以相聚。"林冲向晁盖他们道出了自己的苦恼，那就是自己虽然是在柴进的举荐下自愿上山的，可王伦为人心术不定，难以相聚，所以现在落了个去住无门的尴尬境地。

这是吴用所用的第一激，效果还不错。于是，吴用紧接着又用了第二激。吴用对林冲说道："王头领待人接物，一团和气，如何心地倒恁窄狭？"吴用明明早就知道王伦心胸狭窄，容不得人，但当着林冲的面，却偏要夸王伦待人接物是一团的和气。林冲上了梁山之后，受尽了王伦的气，吴用说这样的话语，正是为了刺激林冲。

果然，林冲答道："今日山寨，天幸得众多豪杰到此，相扶相助，似锦上添花，如旱苗得雨。此人只怀妒贤嫉能之心，但恐众豪杰势力相压。夜来因见兄长所说众位杀死官兵一节，他便有些不然，就怀不肯相留的模样，以此请众豪杰来关下安歇。"林冲道出了王伦安排晁盖他们到关下休息的真实目的，言语之中，尽是对王伦的不满。

见林冲又中计，吴用就用了第三激。吴用对林冲说道："既然王头领有这般之心，我等休要待他发付，自投别处去便了。"尽管吴用明白林冲此行的目的是寻求彼此的合作，以改变梁山的面貌，但吴用却偏偏在林冲面前，故意流露出要离开梁山，另投他处的想法。所以，金圣叹就在吴用"我等休要待他发付"句下批道："恶极，只八个字把雪天三限，直提出来。"

于是，林冲道："众豪杰休生见外之心，林冲自有分晓。小可只恐众豪杰生退去之意，特来早早说知。今日看他如何相待。若这厮语言有理，不似昨日，万事罢论；倘若这厮今朝有半句话参差时，尽在林冲身上。"金圣叹读到这里，又在"林冲自有分晓"句下，写了一个很到位的批语："要知此六个字，全是上文休要受他发付八个字逼出。"

至此，林冲的态度已经很明朗了。眼看着即将水到渠成，吴用便又用了关键的第四激。只见吴用对林冲说道："头领为我弟兄面上，倒教头领与旧弟兄分颜。若是可容即容，不可容时，小生等登时告退。"吴用这挑拨离间的手法用得真是高明。吴用明明看出了林冲与王伦的不和，却以退为进，故意表示如果梁山不能容留他们，即刻便可下山，不想因此使林冲与王伦之间产生矛盾。吴用的这一着，真是戳到了林冲的痛处。

林冲说道："先生差矣！古人有言：'惺惺惜惺惺，好汉惜好汉。'量这一个泼男女，腌臜畜生，终作何用！众豪杰且请宽心。"然后，林冲便回山上去了。没过多久，王伦就派小喽啰下山来请晁盖他们前去赴宴。

晁盖便问吴用道："先生，此一会如何？"

吴用笑道："兄长放心，此一会倒有分做山寨之主。今日林教头必然有火并王伦之意。他若有些心懒，小生凭着三寸不烂之舌，不由他不火并。兄长身边各藏了暗器，只看小生把手来拈须为号，兄长便可协力。"

晁盖他们到了酒席之上，王伦便赠银以打发他们下山，明确表示梁山不能容留晁盖他们。王伦道："非是敝山不纳众位豪杰，奈缘只为粮少房稀，恐日后误了足下，众位面皮不好，因此不敢相留。"

王伦话还没有说完，只见林冲双眉剔起，两眼圆睁，坐在交椅上大喝道："你前番我上山来时，也推道粮少房稀。今日晁兄与众豪杰到此山寨，你又发出这等言语来，是何道理？"

吴用见状，当即就在酒席之上，又使出了拿手的激将法。

我们先来看吴用的第一激。吴用对林冲说道："头领息怒。自是我等来的不是，倒坏了你山寨情分。今日王头领以礼发付我们下山，送与盘缠，又不曾热赶将去，请头领息怒，我等自去罢休。"吴用假意劝说林冲息怒，说自己冒昧上山，反而坏了梁山兄弟间的情分。现在王伦既然以礼相送，我们还是趁早下山为好。

吴用这一激着实厉害，林冲果然着了吴用的道，只听林冲说道："这是笑里藏刀，言清行浊的人！我其实今日放他不过！"

王伦喝道："你看这畜生！又不醉了，倒把言语来伤触我，却不是反失上下！"

林冲大怒道："量你是个落地穷儒，胸中又没文学，怎做得山寨之主！"

吴用见时机成熟了，于是就又用了第二激。吴用转头对晁盖说道："晁兄，只因我等上山相投，反坏了头领面皮。只今办了船只，便当告退。"说着，晁盖他们便起身要下亭子。

王伦见了，就虚留晁盖道："且请席终了去。"

这时，只见林冲把桌子只一脚踢在了一边，一下子就从衣襟底下，掣出一把明晃晃的尖刀来。吴用见状，就用手摸了摸髭须，晁盖、刘唐两人便走上亭子来，虚拦住王伦叫道："不要火并！"紧接着，吴用就用了第三激。

吴用一把扯住林冲，说道："头领不可造次！"

公孙胜也假意劝道："休为我等坏了大义。"

阮小二便去拉住杜迁，阮小五拉住宋万，阮小七拉住朱贵。小喽啰们是吓得目瞪口呆。

林冲上前一把拿住王伦，骂道："你是一个村野穷儒，亏了杜迁得到这里。柴大官人这等资助你，赒给盘缠，与你相交，举荐我来，尚且许多推却。今日众豪杰特来相聚，又要发付他下山去。这梁山泊便是你的！你这嫉贤妒能的贼，不杀了，要你何用！你也无大量大才，也做不得山寨之主！"说着，林冲朝王伦的心窝里只一刀，就把王伦杀死在了亭子上。

最后，吴用又来了个第四激。吴用见林冲杀了王伦，就从血泊里拽过头把交椅来，一把把林冲按在交椅上，叫道："如有不伏者，将王伦为例！今日扶林教头为山寨之主。"只见林冲听了大叫道："先生差矣！我今日只为众豪杰义气为重上头，火并了这不仁之贼，实无心要谋此位。今日吴兄

容与堂本《林冲水寨大并火》

却让此第一位与林冲坐,岂不惹天下英雄耻笑?若欲相逼,宁死而已!弟有片言,不知众位肯依我么?"于是,林冲就推晁盖为梁山泊主,吴用他们听了,也就顺理成章地全都同意了林冲的提议。吴用这一激,直接把晁盖推上了梁山泊主的大位。袁无涯本有句眉批,一下子就揭穿了吴用的把戏:"纯用退着作进着,急智灵快,能凑能摘。"

从林冲火并王伦的全过程中,我们不难发现,整个火并行动真正的主使者是吴用,而林冲只不过是被吴用当枪使了一回。那么,林冲是心甘情愿被吴用当枪使的吗?是的,吴用与林冲两人在火并王伦这出好戏中,是互为利用、各取所需的关系,可以说是周瑜打黄盖——一个愿打,一个愿挨。就吴用而言,他最先发现了林冲与王伦不和的迹象,觉得林冲应该是有杀王伦的动机的。让林冲主动火并王伦这件事对晁盖他们来说,是一件坐收渔翁之利,有百益而无一害的大好事,能够使晁盖他们平白无故地得了一个极为优越的栖身之地。就林冲而言,他通过观察晁盖他们上了梁山之后的一番言行,发现他们能给自己带来一洗怨气、抬高身价的绝佳机会,所以就主动找了晁盖、吴用寻求合作。

平心而论,不管王伦如何的不能容人,他毕竟没有害人之心。王伦的不能容人,充其量只是怕别人的存在会威胁到自身的利益罢了,总不至于罪该当死。况且,王伦还有恩于林冲。在林冲走投无路的时候,正是王伦收留了林冲。

虽然王伦也曾刁难过林冲，限林冲必须在三天之内交上投名状，否则就要林冲另投高明。但最后王伦还是没有为难林冲，仍然让没有完成投名状任务的林冲，坐了梁山的第四把交椅。既然王伦有恩于林冲，林冲为什么还要杀了王伦呢？林冲杀王伦的原因只有一个，那就是为了自身利益的最大化。在王伦手下备受屈辱的林冲，从晁盖他们智取生辰纲、杀了许多官兵捕盗巡检的一系列行动中，看出了晁盖他们的实力，看到了自己翻身的希望。林冲觉得只有快速地融入晁盖的核心团队，才能为自己在梁山谋得更好的前程，才能最终实现自己"威震泰山东"的人生理想。而在林冲看来，杀王伦是自己投靠晁盖团队最好的投名状。

对此，金圣叹有个精到的评语："嗟乎！怨毒之于人甚矣哉！当林冲弭首庑下，坐第四，志岂能须臾忘王伦耶？徒以势孤援绝，惧事不成，为世傻笑，故隐忍而止。一旦见晁盖者兄弟七人，无因以前，彼讵不心动乎？此虽王伦降心优礼，欢然相接，彼犹将私结之以得肆其欲为，况又加之以猜疑耶？夫自雪天三限以至今日，林冲渴刀已久与王伦颈血相吸，虽无吴用之舌，又岂遂得不杀哉？"

# 宋江不上梁山之谜

## 不孝逆子

　　宋江曾经有两次上梁山的机会，一次是在小说第三十五回，宋江大闹清风寨之后，为了躲避朝廷的围剿，就想上梁山去落草避难；还有一次是在小说第三十六回，宋江被刺配江州，路过梁山泊时，被晁盖他们请上了梁山。可是，宋江两次都没有上梁山入伙。那么，宋江为什么没有上梁山入伙呢？

　　我们先来说说宋江第一次没有上梁山入伙的情形。花荣、秦明、黄信这三员战将反了入伙清风寨后，青州府的慕容知府便申文中书省，要起兵来清剿清风山。清风山众人得知这一消息后，便商量道："此间小寨，不是久恋之地。倘或大军到来，四面围住，如何迎敌？"于是，宋江就提出了一个去梁山入伙的主张。宋江道："自这南方有个去处，地名唤做梁山泊，方圆八百余里，中间宛子城、蓼儿洼，晁天王聚集着三五千军马，把住着水泊，官兵捕盗，不敢正眼觑他。我等何不收拾起人马，去那里入伙?"大伙儿听了，一致赞同，宋江就把清风山的人马分为前后三队，扮作前去收捕梁山泊的官军，取路投梁山泊而来。

路过对影山时，宋江又收了吕方、郭盛这两个少年英雄。但是，队伍还没走到梁山泊，作为入伙提议人的宋江，却在半路上"独自开溜"了。怎么回事?

那天，宋江和燕顺在官道旁边的一家大酒店里，偶遇了一个来给宋江送信的人——石勇。那信，正是宋江的弟弟宋清写的。宋清在信中说宋太公已在正月初头因病亡故，现停丧在家，专等宋江回家迁葬。这封信宋江不看则已，一看当即就痛不欲生，捶胸自骂道:"不孝逆子，做下非为，老父身亡，不能尽人子之道，畜生何异!"说罢就哭着用头去撞墙壁，燕顺、石勇见状，慌忙一把抱住了宋江。宋江哭得昏死了过去，半晌方才苏醒过来，而后吩咐燕顺道:"不是我寡情薄意，其实只有这个老父记挂，今已没了，只得星夜赶归去，教兄弟们自上山则个。"于是，宋江便匆匆给梁山写了一封推荐信，备说了花荣、秦明等人上梁山的原委。然后，连酒食都不肯沾唇，就飞也似的独自一人回家奔丧去了。花荣、秦明等九个好汉见事已至此，只好领着三五百人马，自个儿上了梁山。

等宋江心急火燎地赶到家里，才发现宋太公并没有亡

容与堂本《石将军村店寄书》

故,那封报丧的假信是宋太公授意宋清写的。那么,宋太公为什么要让宋清写这样一封假信呢?宋太公的考虑,主要出于这样三个方面:一是思念宋江,用庄客的话说是"太公每日望得押司眼穿"。二是听说白虎山地面多有强人,生怕宋江一时被人撺掇,去山上落了草,做个不忠不孝的人。三是听闻朝廷已经大赦,凡是民间犯了大罪的,都可以罪减一等处罚。所以,宋太公就让宋清写了这封假信,以望宋江能够早日回家,父子团聚。

但天不遂人愿,宋江在家里连椅子都还没有坐热,就被郓城县的都头赵能、赵得抓获了。宋太公对宋江的被捕,懊恼万分,哭道:"是我苦了孩儿。"但宋江反而安慰父亲道:"父亲休烦恼,官司见了,倒是有幸;明日孩儿躲在江湖上,撞了一班儿杀人放火的弟兄们,打在网里,如何能够见父亲面?便断配在他州外府,也须有程限,日后归来,也得早晚伏侍父亲终身。"第二天,宋江就被赵得、赵能他们押到了郓城县。这是宋江第一次没有上梁山入伙的经过,可以说宋江原本是想上梁山的,最终却因回家"奔丧"而没有上成。

宋江在郓城县被关入大牢后,宋太公便在官府里买上告下,使用钱帛,最后就把宋江判了个脊杖二十,刺配江州牢城。临去江州牢城前,宋太公把宋江唤到僻静处叮嘱道:"你如今此去,正从梁山泊过,倘或他们下山来劫夺你入伙,切不可依随他,教人骂做不忠不孝。此一节,牢记于心。孩儿路上慢慢地去，天可怜见，早得回来，父子团圆，兄弟完聚!"果然，宋江路过梁山泊时，就被晁盖他们请上了梁山。

下面，我们就来说说宋江第二次没有上梁山入伙的情形。

小说第三十六回，宋江为了避开梁山泊的耳目，就与两个防送公人商量道:"实不瞒你两个说，我们今日此去，正从梁山泊边过。山寨上有几个好汉，闻我的名字，怕他下山来夺我，枉惊了你们。我和你两个明日早起些，只拣小路里过去，宁可多走几里不妨。"两个公人道:"押司，你不说，俺们如何得知? 我们自认得小路过去，定不得撞着他们。"于是，那天路过梁山泊时，宋江他们特意起了个大早，五更天便打火做饭，只走小路以便能够绕开梁山泊。

谁知，宋江他们大约只走了三十里路光景，前面山坡背后便转出了一伙人，拦住了他们的去路。宋江定睛一看，为头的那个好汉正是赤发鬼刘唐。刘唐说道:"奉山上哥哥将令，特使人打听得哥哥吃官司，直要来郓城县劫牢，却知道哥哥不曾在牢里，不曾受苦。今番打听得断配江州，只怕路上错了路道，教大小头领分付去四路等候，迎接哥哥，便请上山。"但是，宋江根本不想上梁山。这时，只见吴用、花荣两人骑马在前，后面数十骑马跟着，朝着宋江飞奔而来。下马叙礼罢，见宋江不愿去梁山，吴用就说道:"我知兄长的意了。这个容易，只不留兄长在山寨便了。晁头领多时不曾得与仁兄相会，今次也正要和兄长说几句心腹的话，略请到山寨少叙片时，便送登程。"宋江见吴用都这样说了，没有办法，只好在吴用、花荣等人的陪同下，上了梁山。

晁盖见了宋江，大喜过望，说道："自从郓城救了性命，兄弟们到此，无日不想大恩。前者又蒙引荐诸位豪杰上山，光辉草寨，恩报无门。"但此时的宋江，早已不是当初带着花荣、秦明他们投奔梁山泊时的那个宋江了。于是，宋江同晁盖说道："小可自从别后，杀死淫妇，逃在江湖上，去了年半。本欲上山相探兄长一面，偶然村店里遇得石勇，捎寄家书，只说父亲弃世。不想却是父亲恐怕宋江随众好汉入伙去了，因此诈写书来唤我回家。虽然明吃官司，多得上下之人看觑，不曾重伤。今配江州，亦是好处。适蒙呼唤，不敢不至。今来既见了尊颜，奈我限期相逼，不敢久住，只此告辞。"众人见宋江态度如此坚决，没有办法，只得礼送宋江下山，让他前往江州牢城。

有的看官看到这里可能要问了，当初在清风山的时候，不是宋江主动提议要去梁山泊入伙的吗？只是后来因为要回家"奔丧"，所以才没有与花荣他们一起上梁山。现在宋江既然已经到了梁山，为什么又不愿入伙了？这宋江的言行，不是前后不一了？其实，答案很简单，那就是宋江不是不想上梁山，而是他不敢上梁山。那到底发生了什么，让宋江现今不敢上梁山了呢？

# 官司见了，倒是有幸

宋江之所以不敢上梁山，主要有这样四个原因：

首先，最主要的原因是怕违了父命。前面我们曾经说过，宋太公一见宋江回来，便向宋江道出了写假信的原委。宋江是个大孝子，当他听了父亲那一番掏心窝子的话语后，倍受感动，当即就拜倒在地。面对着思儿心切的老父亲，宋江的想法改变了，他不想落草为寇，做个不忠不孝之人了，他只希望能够有机会早晚都服侍在父亲的身边，以尽自己的孝心。后来，宋江被刺配江州，临行前宋太公又再三嘱咐宋江，千万不要上了梁山，"教人骂做不忠不孝"，宋江听了都一一答应了。袁无涯本在石勇寄书这一节有个眉批，说得很有道理："此一段文情既妙于分枝立节，亦正见宋江生平以忠孝为心，不是轻意落草的，故不一直说去。"余象斗本也有句很到位的批语："上山相见，众好汉告留不住，不然，则公明从矣，奈父之命安可逆哉！"

其次，宋江是怕失却了未来的前程。前文有讲过，宋太公之所以要诈写假书，让宋江赶回家来，主要是出于三方面因素的考虑，其中第三个因素就是朝廷已经颁发了赦书。宋太公道："近闻朝廷册立皇太子，已降下一道赦书，应有民间犯了大罪，尽减一等科断，俱已行开各处施行。便是发露到官，也只该个徒流之罪，不到得害了性命。且由他，却又别作道理。"宋江在宋家庄村口遇到张社长时，张社长也恭喜宋江道："且喜官事已遇赦了，必是减罪了。"

宋江杀的只是一个无权无势的阎婆惜，而且早已没有了苦主。再说，现在天下已经大赦，宋江即使是到了官，最多也是判个徒流之罪，而不会因此丢了性命。所以，此时的宋江，早已没有了亡命江湖的必要。因此，听说郓城县的都头前来抓捕自己时，宋江反而很坦然地安慰父亲道："父亲休烦恼，官司见了，倒是有幸。"小说写道，宋江爬上梯子，对着庄外的郓城县的两位都头叫道："你们且不要闹。我的罪犯，今已赦宥，定是不死。且请二位都头进敝庄少叙三杯，明日一同见官。"宋江到官后，果然不出所料，只被判了个脊杖二十，刺配江州牢城。

各位看官应该还记得，杨志因为在黄河里翻船，失了花石纲，只得逃亡在外乡避难。后来听说朝廷下诏赦免了罪犯，不也就急急忙忙地收罗了一担钱财，想去东京枢密院里打点打点，再谋个前程吗？朱仝被刺配沧州牢城后，吴用就奉命前来邀请他上梁山入伙。朱仝拒绝吴用邀请的理由，不也是想过个一年半载，好挣扎还乡，复为良民吗？所以，此时的宋江对自己的未来还是有所企盼的，对自己的前程也是有些念想的。

有的看官看到这里可能要问了，宋江不只是在郓城县里杀了阎婆惜，他还在清风山上杀了刘高，在青州城外屠杀了许多无辜百姓，甚至还策反了花荣、秦明、黄信等朝廷将领。宋江犯下了如此多重罪，朝廷难道还会赦免他？答案是会的，因为出现在清风寨、青州府的宋江，其实并不叫"宋江"，而是叫"张三"。在清风寨的档案里，宋江的大名是"郓城虎张三"。从某种意义上说，清风山这桩震动朝野的大事件，与宋江是没任何关系的。可见，宋江他依然还有未来。

再者，宋江是怕坏了自己的名声。在宋江那个年代，上山落草实际是件株连九族，万不得已的事情。如果尚有一线希望，没人会去背这个贼寇的骂名。史进、杨志如此，武松、鲁智深也如此。小说第二十回，宋江见了济州府防备梁山泊贼人的公文后，便在内心寻思道："晁盖等众人，不想做下这般大事，犯了大罪，劫了生辰纲，杀了做公的，伤了何观察，又损害了许多官军人马，又把黄安活捉上山。如此之罪，是灭九族的勾当。虽是被人逼迫，事非得已，于法度上却饶不得。"可见，在宋江的眼里，晁盖他们反上梁山，是做下了灭九族的勾当，虽然事非得已，但在法度上却是饶不得的。阎婆惜之所以会被杀，就是因为她威胁宋江，说要去郓城县里告发宋江连通梁山泊的罪证。小说第二十二回，朱仝义释宋公明时，曾问宋江可去哪里安身？宋江一口气说出了三个去处：一个是沧州横海郡柴进庄上，一个是青州清风寨花荣处，还有一个是白虎山孔太公庄上。宋江唯独没有讲要去梁山落脚，尽管宋江曾对晁盖他们有救命的大恩。

朱仝私放晁盖时曾告诉晁盖"只除梁山泊可以安身"（第十八回），那他为何不向宋江推荐梁山泊，甚至只字不提梁山泊？按理说，自从晁盖上了梁山，梁山的面貌早已经焕然一新了，宋江此去梁山，应该也是个不错的选择。朱仝为什么会这样做呢？因为，作为宋江的好兄弟，朱仝是明白宋江的心思的，他晓得宋江是断然不会去梁山落草为寇的。对此，王望如有句评语，讲得很到位："宋江同弟宋清脱兔不投蓼儿洼，而投横海郡，可知宋江初心原不肯坐梁山第一位也。"

　　最后，宋江是怕中了他人的圈套。宋江"自幼曾攻经史，长成亦有权谋"，吏道纯熟，深谙世故，他早就从梁山的所作所为中，嗅到了那丝若隐若现的凶险。宋江觉得自己上梁山的时机还不够成熟，果断下山是他此时最好的选择。

　　有的看官看到这里可能要问了，既然宋江觉得此时上梁山的时机还不够成熟，那么当初在清风山上，为什么要主动提议去梁山入伙呢？宋江当初之所以会这样做，无非是出于这样两个原因：一是，宋江当时实在是走投无路了。朝廷马上就要起兵扫荡清风山了，而一旦朝廷大军四面围住了清风山，清风山这样一个弹丸之地，根本就施展不开，无法迎敌，极有可能会面临一个倾巢而亡的结局。无奈之下，宋江不得不违心地抛出去梁山泊入伙的提议。二是，宋江根本不知道朝廷大赦这件事。如果没有石勇送的那封信，那么宋江也就与花荣、秦明他们一道上梁山了，但从父亲口中得知朝廷大赦这件事后，宋江立马改变了原先的行动计划，不再逃亡江湖，而是要去见官。宋江知道自己的命已经保住了，现在首先要做的事情就是好好地去江州牢城服刑，然后争取早日回到父亲的身边，服侍父亲，尽好孝道。

## 做了不忠不孝的人

就花荣、秦明这些清风山的人以及晁盖、吴用这些梁山上的好汉所知，宋江原本是要上梁山的，后来只是临时回家"奔丧"去了，他们并不知道宋江已经改变了想法。现在宋江被晁盖他们请上了梁山，他又该如何处理这个棘手问题？精于世故的宋江，只用了四个小方法，就巧妙地化解了自己的尴尬。

首先，大打道义牌。那天，宋江路过梁山泊时，原本是想起个大早，从偏僻小路绕过梁山泊的，不料还是被刘唐拦住了去路。刘唐见了宋江之后，想做的第一件事情就是要杀了那两个防送公人。刘唐的理由很简单，既然你宋大哥马上就要上梁山了，那就没必要留着这两个防送公人了。于是，宋江就搬出了道义的大牌子。宋江对刘唐说道："这个不是你们弟兄抬举宋江，倒要陷我于不忠不孝之地。若是如此来挟我，只是逼宋江性命，我自不如死了。"宋江说着，就要拿刀自刎。刘唐见了，慌忙攀住宋江的胳膊，说道："哥哥，且慢慢地商量。"说着，一把将刀从宋江的手里夺了过去。

宋江的意思说得很明白，你刘唐如果因要让我宋江上梁山而杀了这两个防送公人，那么，就是把我宋江推入了不忠不孝的境地。如果你刘唐一定要这样做，那么，我宋江只能就此自刎了。宋江站在忠孝道义的高地上所说的这番话，果然非常灵光，直吓得刘唐一个劲地赔好话。

其次，大打法度牌。花荣终于在梁山脚下等到了宋江，见宋江身上还戴着行枷，就说道："如何不与兄长开了枷？"宋江听了，就责备花荣道："贤弟，是甚么话！此是国家法度，如何敢擅动！"

宋江被吴用、花荣请上梁山之后，拗不过晁盖他们的热情相待，只得留在山寨里吃了一天的酒。但是，身上的那个行枷，宋江却始终不同意解下来。宋江的理由非常冠冕堂皇，那就是犯人带枷是国家的法度，怎么能够擅自破坏？那么，宋江真的是如此讲法度，始终不肯解了那行枷吗？答案显然是否定的。

小说第三十六回，宋江离开揭阳岭后，住在了李俊家里。李俊置备酒食相待，并与宋江结拜。住了几天之后，宋江就想去江州了。李俊见留不住宋江，于是就取了些银两送给那两个防送公人。那么，宋江这时在做什么呢？小说写道，"宋江再带上行枷，收拾了包裹行李"，辞别李俊、童威、童猛三位兄弟，取路望江州而来。各位看官请看，宋江在李俊的家里，不是把那行枷解下来了吗？

小说第三十七回，宋江到穆太公庄上投宿，吃罢晚饭，三人去房间里休息。两个防送公人道："押司，这里又无外人，一发除了行枷，快活睡一夜，明日早行。"宋江道："说得是。"于是，宋江当即就解了行枷，和两个防送公人去房外净手。各位看官请看，宋江在穆太公的庄上，不也是把那行枷解下来了吗？

那么，宋江在梁山上为什么执意不肯解了那行枷呢？宋江这样做的目的很明确，那就是向晁盖他们表明自己的态度，我宋江是个守法度的人，所以我宋江是不会上梁山落草的。

第三，大打亲情牌。在梁山上，晁盖热情招待宋江。席间，晁盖他们力劝宋江留在山上入伙，但是宋江却坚辞不从。宋江说道："兄这话休题。这等不是抬举宋江，明明的是苦我。家中上有老父在堂，宋江不曾孝敬得一日，如何敢违了他的教训，负累了他？……临行之时，又千叮万嘱，教我休为快乐，苦害家中，免累老父恍惶惊恐。因此父亲明明训教宋江，小可不争随顺了，便是上逆天理，下违父教，做了不忠不孝的人，在世虽生何益？如不肯放宋江下山，情愿只就众位手里乞死。"

宋江的这段话，虽然说得有点长，但我还是不厌其烦地将大部分的内容都摘录了下来，因为宋江的这番话，实在是讲得太到位了。宋江向晁盖他们搬出了老父亲这块挡箭牌，说了这样几层意思：一是，强留宋江在梁山，不是在抬举宋江，反而是害了宋江；二是，宋江不敢有违父亲的教诲，为了一己的快乐而害苦了家里，让老父亲终日为自己担惊受怕；三是，宋江不想做个上逆天理，下违父教，不忠不孝的人；四是，如果晁盖他们执意不放宋江下梁山，那么宋江就只能求死了。

宋江说罢，泪如雨下，拜倒在地。此情此景，谁人见了，能不动容？

第四，大打自嘲牌。宋江在梁山见了晁盖之后，就很明智地用打哈哈的自嘲办法，不着痕迹地更改了自己当初提议上梁山的初衷，自己给自己找了个台阶下。于是，在宋江的嘴里，当初带着花荣、秦明他们上梁山投奔晁盖的行动，就变成了"本欲上山相探兄长一面"，是"一时乘兴"的举动。而且，宋江处处自称是个获罪的囚犯，因期限相逼，不敢在梁山久停，只想立即告辞了下山，以便能够按期去江州牢城服刑。晁盖他们没有办法，只好送宋江下山去了。至此，宋江也就顺利化解了第二次不上梁山入伙的尴尬。

话到这里，还要再说个余话，那就是宋江与吴用之间的微妙关系。小说第三十六回，花荣见了宋江之后，当即就要除了宋江身上的行枷。宋江以"此是国家法度，如何敢擅动"为由，拒绝了花荣的好意。吴用见此情景，就说道："我知兄长的意了。这个容易，只不留兄长在山寨便了。晁头领多时不曾得与仁兄相会，今次也正要和兄长说几句心腹的话，略请到山寨少叙片时，便送登程。"宋江听了便说道："只有先生便知道宋江的意。"

这就真有点意思了。一个说是"我知兄长的意了"，一个道是"只有先生便知道宋江的意"。宋江与吴用这两句打哑谜似的对话，说的到底是什么意思？

各位看官知道，宋江是清楚梁山所暗藏着的凶险的，而吴用也是极不欢迎宋江上梁山的。一旦宋江上了梁山，受影响最大的人便是作为梁山二把手的吴用了。晁宋两人一旦联手，吴用就极有可能真的成为一个"无用"之人。现在，吴用看见宋江连个身上的行枷都不肯解下来，说是国家法度，不可擅动，立即就明白宋江是断不会上梁山的。这正中了吴用的下怀，吴用那颗始终悬着的心，终于可以放下了。所以，吴用就对宋江说了这样一句没头没脑的话："我知兄长的意了。"

晁盖为了迎接宋江上梁山，其实是花了一番大心思、下了一番大功夫的。晁盖生怕错过了路头接不到宋江，所以早早地派了大小头领，分四路去梁山脚下等候宋江。晁盖之所以要请宋江上梁山，目的无非两个：一是想真心报答宋江的救命大恩，二是想诚心邀请宋江上山入伙，同享富贵。但是，晁盖的意图到了吴用这里，却变成了"略请到山寨少叙片时，便送登程"。不过吴用的这番篡改，对宋江来说，却正是求之不得的事情。于是，宋江听了吴用说的那番话后，也就明白了吴用的心思，便也说了这样一句没头没脑的话来作答："只有先生便知道宋江的意。"

高手过招，就是这样不露痕迹。对此，金圣叹是看得很清楚的，于是就在宋江那句话下批道："写两人互用权术相加，真是出色妙笔。"

心机颇深的吴用觉得，只要宋江不想留在梁山，那么什么事情都好商量。所以，吴用这次就索性好人做到底了。当宋江下山前去江州牢城时，吴用和铁杆"宋粉"花荣两个，恋恋不舍地把宋江一直送到大路二十里外，方才挥手告别。但过了没多久，吴用对宋江的态度，却陡然来了个一百八十度的急转弯。由此，更引出了水泊梁山更为波澜壮阔的故事。

# 鲁智深落草之谜

　　有种很流行的说法，说鲁智深之所以不愿意在桃花山落草，只是因为鲁智深觉得桃花山的头领李忠、周通两人为人悭吝，做事不够慷慨。这样的说法，乍一看好像挺有道理，其实不然。之所以说这种说法乍一看好像挺有道理，是因为我们可以从小说中，找出一些貌似能支持这种说法的理由。比如，小说第五回，鲁智深被李忠请上桃花山后，李忠、周通两人就杀牛宰马，客客气气地款待了鲁智深好几天。可是在桃花山上住了没几天，鲁智深见李忠、周通两人做事悭吝，不是个慷慨之人，便提出要下山去投大相国寺。李忠、周通两人苦苦相留，但鲁智深却去意已定，说道："俺如今既出了家，如何肯落草？"

　　从小说的这段描写来看，鲁智深好像就是因为看不起李忠、周通的为人，不愿与他们为伍，所以才推说自己已经出了家，不能在桃花山落草。那么，事情的真相果真就是这样吗？答案显然是否定的。鲁智深之所以不愿在桃花山落草为寇，李忠、周通他们的为人不够慷慨只是因素之一，更为重要的原因则是鲁智深觉得自己落草的时机还不够成熟。

各位看官知道，在《水浒传》所描述的那个年代，落草为寇是个很无奈的选择，是没有办法的办法。一个人只有到了走投无路的地步，才会去背贼寇的骂名。小说中，不到万不得已不想落草为寇的梁山好汉大有人在。比如，小说第三回，史进与朱武等人杀了华阴县的两个都头之后，朱武就劝史进上少华山落草，当个一寨之主。史进当场拒绝了朱武的建议，道："我是个清白好汉，如何肯把父母遗体来点污了？你劝我落草，再也休题。"再比如，小说第十二回，王伦见杨志如此英雄，就想邀请杨志同上梁山。杨志同样拒绝了王伦的邀请，杨志的理由是："只为洒家清白姓字，不肯将父母遗体来玷污了。指望把一身本事，边庭上一枪一刀，博个封妻荫子，也与祖宗争口气。"尽管此时的杨志已因失落花石纲而在关西流落了多年，但他内心还是非常渴望凭着自己的一身本事去报效朝廷的。再比如，小说第二十八回，武松被刺配孟州牢城，路过十字坡时，张青劝武松去二龙山落草，武松同样拒绝了张青的提议。在武松看来，虽然你张青劝我落草是兄弟情深，是为我武松着想，但我武松现在还不至于落魄到要落草为寇这样的地步。再比如前文提到的宋江，两次都没有上梁山入伙。

但后来，史进、杨志也好，武松、宋江也罢，最终又全都上山落了草，这又是为什么？因为这些好汉是真的到了山穷水尽、无路可走的地步了。

比如史进。史进拒绝了朱武请他上山入伙的建议之后，便来到延安府投奔师父王进，想寻个出身。可是，到了延安府之后，却怎么也找不着王进。于是，史进又辗转来到了北京。盘缠用尽之后，史进只得到赤松林做了个拦路抢劫的强盗。后来，史进帮鲁智深杀了强占瓦罐寺的和尚崔道成、道人丘小乙之后，无路可走，只好去少华山投奔朱武他们。

比如杨志。杨志原以为在北京大名府遇到梁中书之后，自己的人生会有一个大转机。可是哪里想得到，千算万算，万般小心，最后还是在黄泥冈上翻了船。失了生辰纲之后的杨志，有家难奔，有国难投，只得与鲁智深一道从邓龙手里夺了二龙山，当了山大王。

比如武松。武松来到安平寨后，帮施恩醉打蒋门神，重霸了快活林。于是，张都监就设计陷害武松，欲置武松于死地。武松在大闹飞云浦，血溅鸳鸯楼之后，无处可以安身，只得听从张青夫妇的建议，上二龙山投奔鲁智深、杨志。

比如宋江。宋江酒后在浔阳楼上题写了两首直抒胸臆的诗词，不意却被黄文炳刻意构陷，变成了题写反诗、勾结梁山强人的要犯，被绑赴法场问斩。后来，宋江在晁盖、李逵、张顺等人的帮助下，从江州法场逃出生天，打了无为军，杀了黄文炳，最后走投无路，只得与众位好汉一道上了梁山。

所以，如果还有一线生机，史进、杨志、武松、宋江等人是断不会走上山落草这条路的。我们现在回过头，再来看看鲁智深的落草问题。

鲁智深离开桃花山后，就来到东京大相国寺，当了个管理菜园子的菜头。后来，鲁智深因护送林冲去沧州得罪了高俅，高俅就派人前来捉拿鲁智深。鲁智深没有办法，只好一把火烧了菜园子，从此浪迹江湖，最后，只得与杨志一道在二龙山当山大王。

在二龙山下，鲁智深是这样对杨志描述自己眼前的境遇的："吃俺一把火烧了那菜园里廨宇，逃走在江湖上，东又不着，西又不着。""东又不着，西又不着"这八个字，十分形象地道出了鲁智深目前的尴尬境况。所以，鲁智深当初之所以不想在桃花山落草，从表面上来看，是因为李忠他们为人悭吝，与性格豪爽的鲁智深不是同路人，但根本原因，却是鲁智深对自己的未来还有期盼，他还想在大相国寺这个著名的大寺院里做个职事僧，当个僧官，安然度日。各位看官如若不信，那么就请看鲁智深到了大相国寺后，同智清长老他们所说的那番对话。

智清长老道："你既是我师兄真大师荐将来我这寺中挂搭，做个职事人员，我这敝寺有个大菜园，在酸枣门外岳庙间壁，你可去那里住持管领。"

鲁智深道："本师真长老着小僧投大刹，讨个职事僧做，却不教俺做个都寺、监寺，如何教洒家去管菜园？"

首座道："师兄，你不省得，你新来挂搭，又不曾有功劳，如何便做得都寺？这管菜园也是个大职事人员了。"

鲁智深道："洒家不管菜园，俺只要做都寺、监寺。"

于是，知客就忽悠鲁智深道，僧门中职事人员各有头项，如果师兄你菜园管得好，一年之后便可升你做个塔头；如果塔头当得好，一年之后可再升你做个浴主；如果仍然管得好，一年之后才能做个监寺。鲁智深听了知客的这番话之后，又是怎样的态度呢？只听鲁智深说道："既然如此，也有出身时，洒家明日便去。"可见，在大相国寺这个名寺大刹里做个都寺、监寺，就是鲁智深那时的真实想法。

命运之神总是喜欢同人开玩笑，所以一个人的人生之路，才会有如此之多的意外和如此之多的精彩。在桃花山上，鲁智深以出家为借口，拒绝了李忠的落草建议，然后在大相国寺里当了个菜头。后又因得罪了高俅，和尚也当不成，只好在二龙山当了个山大王。当了山大王的鲁智深，在历经了那么多的风风雨雨，立下了那么多的赫赫战功之后，在杭州六和寺听潮而圆，见信而寂，"解使满空飞白玉，能令大地作黄金"，终于修成正果。这个花和尚鲁智深，因了不愿落草而不得不落草，因了不愿为僧而最终成了佛，成就了自己轰轰烈烈的一生。

陈洪绶《水浒叶子》之花和尚鲁智深

# 宋江题反诗之谜

## 他却要赛过黄巢

浔阳楼题反诗是最终促使宋江上梁山的导火索，正是这首所谓反诗，直接改变了宋江的人生命运。故事发生在小说的第三十九回。话说宋江那天大病初愈，就想去江州城里探访戴宗。可是到了城里后，不但戴宗寻不着，连李逵、张顺也不知所踪，宋江只好一个人闷闷不乐地出城来到了浔阳江边。

只见那一派浔阳江景，浩渺壮观，气势非凡。江边有一座酒楼，雕檐映日，画栋飞云。旁边竖着一根望竿，悬挂着一个青布酒旆子，上面写着"浔阳江正库"。雕檐外挂着一面牌额，是苏东坡亲笔书写的"浔阳楼"三个大字。宋江看了，便在心里寻思道："我在郓城县时，只听得说江州好座浔阳楼，原来却在这里。我虽独自一个在此，不可错过，何不且上楼去自己看玩一遭？"于是，宋江便信步上楼，选了个临江的阁子坐下。

凭栏举目，但见倚青天万叠云山，翻瑞雪一江烟水，端的是气象万千，风景这边独好。宋江看了不由心情大好，那访友不遇的烦闷一扫而空。兴致所至，就点了一樽蓝桥风月美酒和一些果品、肉食，独自倚栏畅饮起来。

宋江一杯两盏，喝着喝着就有些喝多了，临风触目，不觉感时伤怀起来，想道："我生在山东，长在郓城，学吏出身，结识了多少江湖上人，虽留得一个虚名，目今三旬之上，名又不成，功又不就，倒被文了双颊，配来在这里。我家乡中老父和兄弟，如何得相见！"宋江这样想着，不禁潸然泪下。于是，就作了一首"西江月"词，以寄情怀。

宋江正要向酒保讨副笔砚来写，抬头却见酒楼的白粉壁上有许多先人的题咏。宋江便寻思道："何不就书于此？倘若他日身荣，再来经过，重睹一番，以记岁月，想今日之苦。"乘着酒兴，宋江磨得墨浓，蘸得笔饱，就在那酒楼的白粉壁上，挥毫题写了这首刚作好的"西江月"词。词曰：

"自幼曾攻经史，长成亦有权谋。恰如猛虎卧荒丘，潜伏爪牙忍受。不幸刺文双颊，那堪配在江州。他年若得报冤仇，血染浔阳江口。"

宋江写罢，自我欣赏了一番，不免有些得意起来。喝了几杯酒之后，意犹未尽的宋江又拿起笔来，在那"西江月"词的后面，又写下了四句诗。诗曰：

"心在山东身在吴，飘蓬江海谩嗟吁。他时若遂凌云志，敢笑黄巢不丈夫！"

写完之后，还在诗的后面署上了自己的大名："郓城宋江作"。

宋江写罢，掷笔在桌，自歌了一回，又喝了几杯酒，因不胜酒力，渐渐地沉醉了。跟跟跄跄地取路回营，一头扑倒在床上，一觉睡到了五更天。第二天早上醒来时，宋江发觉自己竟然"断片"了，忘记了昨日浔阳楼上题诗抒怀这桩事。但是，宋江他自己忘记了，有人却把他给记住了。这个记住宋江的人，不是别人，正是黄文炳。

小说写道，江州对岸有一个城子，唤作无为军。城中有个赋闲在家的通判，姓黄，双名文炳。这人虽然饱读经书，却是个阿谀谄佞之徒，心地偏窄，嫉贤妒能，凡是胜如己者就要害之，凡是不如己者就要弄之。因专门在乡里害人，乡人就"送"了他一个很形象的绰号——"黄蜂刺"。听说那个新来的蔡九知府是当朝太师蔡京的小儿子，黄文炳就千方百计地要讨好巴结蔡九知府，时不时带着礼物，过江去谒访蔡九知府，指望蔡九知府能够引荐自己再次出山，弄个什么官儿当当。

也正是宋江命中合当有事，就在宋江浔阳楼题诗的第二天，黄文炳独自坐在家里闲得无聊，就带着两个仆人，买了些时新礼物，坐着自家的一只快船，又过江去探望蔡九知府了。不巧，蔡九知府这天正在府里宴请宾客，黄文炳不敢擅自进去，于是便回到浔阳江边，去浔阳楼上闲逛，以消暑热。

浔阳楼的白粉壁上有许多文人墨客的题咏，百无聊赖的黄文炳便一一品读了起来，以打发时光。这些个诗词，有作得好的，也有歪谈乱道的。黄文炳看了，不免大摇其头。正在冷笑间，无意中却看到了宋江昨日刚作的那两首诗词。黄文炳一看，不觉大惊道："这个不是反诗？谁写在此？"然后，黄文炳又将宋江所作的诗词，从头至尾细细地品读了一遍。当他读到"他时若遂凌云志，敢笑黄巢不丈夫"句时，摇着头说道："这厮无礼，他却要赛过黄巢，不谋反待怎地？"

黄文炳立马向酒保打听这个作诗人的情状："作这两篇诗词，端的是何人题下在此？"

酒保道："夜来一个人独自吃了一瓶酒，醉后疏狂，写在这里。"

黄文炳道："约莫甚么样人？"

酒保道："面颊上有两行金印，多管是牢城营内人。生得黑矮肥胖。"

黄文炳道："是了。"

然后，黄文炳就向酒保借了纸笔，把宋江的这两首诗词完完整整地抄录了下来，藏在身边。又吩咐酒保，千万不要将这两首诗词给刮去了。黄文炳抄录好诗词后，就去船中歇了一夜。第二天早上一吃完早饭，就急急忙忙地挑着礼物，跑去找蔡九知府了。

这事情说来也真是凑巧，就在前天，蔡九知府接到了父亲蔡太师从东京寄来的一封家书。蔡太师在信中说，近日太史院司天监夜观天象，发现有罡星照临吴、楚之地。而且，东京街市小儿有童谣唱道："耗国因家木，刀兵点水工。纵横三十六，播乱在山东。"因此，蔡太师在信中嘱咐蔡九知府紧守江州地方，小心为上，如果在江州发现可疑之人，应当迅即剿除。

蔡九知府在与黄文炳闲聊时，就说起了蔡太师在信中所讲的那些事。黄文炳听了，寻思了半晌，笑道："恩相，事非偶然也！"黄文炳这样说着，就从袖中取出那两首宋江所作的诗词，呈与蔡九知府道："不想却在于此处。"

蔡九知府看了黄文炳呈上的那两首诗词，就问道："却是何等样人写下？"

黄文炳答道："相公，上面明题着姓名，道是'郓城宋江作。'"

蔡九知府问道："这宋江却是甚么人？"

黄文炳答道："相公不可小觑了他。恰才相公所言尊府恩相家书说小儿谣言，正应在本人身上。"

蔡九知府不解地问道："何以见得？"

黄文炳答道："'耗国因家木'，耗散国家钱粮的人，必是

'家'头着个'木'字，明明是个'宋'字；第二句'刀兵点水工'，兴起刀兵之人，'水'边着个'工'字，明是个'江'字。这个人姓宋，名江，又作下反诗，明是天数，万民有福。"

蔡九知府又问道："何谓'纵横三十六，播乱在山东'？"

黄文炳答道："或是六六之年，或是六六之数；'播乱在山东'，今郓城县正是山东地方。这四句谣言，已都应了。"

蔡九知府道："通判高见极明。"

于是，蔡九知府便叫人拿来牢城营的名册簿翻检，果然有五月间新配到一囚徒名"郓城县宋江"。黄文炳看了，道："正是应谣言的人，非同小可。如是迟缓，诚恐走透了消息，可急差人捕获，下在牢里，却再商议。"

蔡九知府道："言之极当。"随即升厅，吩咐两院押牢节级戴宗道："你与我带了做公的人，快下牢城营里，捉拿浔阳楼吟反诗的犯人郓城县宋江来，不可时刻违误。"

于是，那个还迷迷糊糊躺在床上醉酒的宋江，便被官府捉将过来，莫名其妙地成了题写反诗的谋反之贼。到了知府衙门，宋江佯装得了失心风，装疯卖傻，胡言乱语，妄图蒙混过关，不料却被黄文炳识破。宋江被几个做公的打得是一佛出世，二佛涅槃，皮开肉绽，鲜血淋漓。宋江没有办法，只好违心招道："自不合一时酒后，误写反诗，别无主意。"蔡九知府见宋江招了，当即就取了供状，用一面二十五斤的死囚枷枷了宋江，押入死牢。

# 敢笑黄巢不丈夫

宋江因在浔阳楼上题写反诗，被蔡九知府投入死牢。那么，宋江所题写的那两首诗词，真的是反诗吗？答案显然是否定的。

首先，从宋江的主观意图来看，他不可能题写反诗。宋江在浔阳楼上之所以要写诗作词，其根本原因是酒后睹物思情，感时伤怀，抒发胸臆，以记岁月。对此，袁无涯本有句眉批，批得非常在理："千载有生气，千载有泪痕。"

与宋江酒后写诗作词的情景极为相似的，是林冲雪夜上梁山时所发的那番感慨。小说第十一回，林冲雪天来到了梁山泊边朱贵的酒店。林冲独自喝了一会儿酒，就向酒保打听怎样才能去梁山泊。但是，因天晚雪大，此时已无船可寻。林冲听罢酒保的解释，又喝了几碗酒，不觉闷上心头，蓦然想起："我先在京师做教头，每日六街三市游玩吃酒，谁想今日被高俅这贼坑陷了我这一场，文了面，直断送到这里，闪得我有家难奔，有国难投，受此寂寞！"林冲这样想着，不觉感时伤怀起来，于是便问酒保借了笔砚，乘着酒兴，在酒店的白粉壁上挥毫写下了八句诗。诗曰：

"仗义是林冲，为人最朴忠。江湖驰誉望，京国显英雄。身世悲浮梗，功名类转蓬。他年若得志，威镇泰山东。"

雪夜孤旅，无处安身，睹景伤怀，借酒浇愁。在一片无尽的孤寂中，林冲禁不住想起往日的美好时光，感伤于目下的无助，怅然那无望的将来，于是作诗寄怀。

我们回过头来再看这个独坐在浔阳楼上的宋江，他此时的心境，与那雪夜梁山下林冲的心境，是何等相似。宋江独自面对着那一派江山风光，想想自己虽然经书读得也不赖，吏道学得还不错，而且行走江湖，也有了不小的名声。可转眼之间，早已年过三旬，却是名又不成，功又不就，反而被官府文了双颊，刺配到了这千里之外的江州，以致父子不能相见，兄弟不能团聚。

"倘若他日身荣，再来经过，重睹一番，以记岁月，想今日之苦。"宋江的这句话讲得很明白，他之所以要作这两首诗词，并且要把这两首诗词题写在浔阳楼的白粉壁上，只是为了纪念今日的凄苦岁月，以备来日身荣之时便于回忆。而宋江这个所谓"身荣"之时，显然不是说造反成功，当了什么皇帝，而是指能够遂了自己的报国志，能够光宗耀祖。

按照宋江忠心报国的人生理想，就是打死他，他也不会题写什么反诗。可以作为明证的是，宋江后来做了梁山泊主，他一心所想的并不是造什么朝廷的反，他所期盼的只是如何才能早日接受朝廷的招安，如何才能"全忠仗义，辅国安民"。在宋江的人生词典里，压根就没有"造反"这个词。

其次，从宋江的性格特征来看，他也不可能题写反诗。行事缜密周到，是宋江一贯的处世风格。各位看官应该还记得小说第十八回，宋江是如何给晁盖报信的吧？那天早上，宋江在郓城县衙门口，碰到了前来捉拿晁盖的济州府缉捕使臣何涛。宋江听闻晁盖他们抢劫生辰纲的事情已经案发，大吃了一惊后立马采取了三个措施，从而既妥善地稳住了何涛，又成功地给晁盖报了信。

一是，求得认同，打消疑问。宋江一听说晁盖将被抓拿，虽然内心十分惊慌，寻思道："晁盖是我心腹弟兄。他如今犯了迷天大罪，我不救他时，捕获将去，性命便休了！"但表面上仍然是非常镇定的，还故意顺着何涛的话，说晁盖这是咎由自取："晁盖这厮，奸顽役户，本县内上下人，没一个不怪他。今番做出来了，好教他受！"按照宋江的话来说，晁盖原本就是个奸顽之徒，全县上下没有一个人是不讨厌他的。此番被抓拿，实在是罪有应得。宋江这样一说，就是向初次见面的何涛表明了自己的态度，拉近了与何涛的距离。应该说，经过这样一番表演，何涛对宋江的第一印象是很好的。

二是，设身处地，换位思考。何涛想让宋江帮忙捉拿晁盖，说道："相烦押司便行此事。"宋江说道："不妨，这事容易，'瓮中捉鳖，手到拿来'。只是一件，这实封公文，须是观察自己当厅投下，本官看了，便好施行发落，差人去捉，小吏如何敢私下擅开？这件公事，非是小可，勿当轻泄于人。"

宋江先是给何涛吃了一颗定心丸，说是在郓城县里捉拿晁盖，就如同瓮中捉鳖一样，可以手到擒来。然后，宋江又设身处地地告诉何涛，此事非同小可，这公文须由何涛亲自交给知县方为妥当。因为只有这样，才不会走漏了消息。何涛听了宋江的这番体己话后，赞叹道："押司高见极明。"这何涛对宋江的印象，显然是更好了。

三是，稳住对方，设法报信。宋江见已经取得了何涛的信任，于是就以知县正在休息，自己家里有事要去处理为由，让何涛等在茶坊里，自己则去给晁盖报信了。小说写道，宋江起身出得阁儿，吩咐茶博士要管够客人的茶水。然后，离了茶坊，飞也似的跑到住处，叫人去茶坊门前守候何涛："若知县坐衙时，便可去茶坊里安抚那公人道：'押司稳便'，叫他略待一待。"接着，宋江就将马牵出后门外，"拿了鞭子，慌忙的跳上马，慢慢地离了县治。出得东门，打上两鞭，那马拨喇喇的望东溪村撺将去。"

你看这宋江，先是让茶博士等人设法稳住何涛。离开茶坊后，是飞也似的跑回住所，等到牵着马出门去报信时，却不走前门，而要走相对偏僻的后门。离开县城时是"慢慢地"，只是出了东门之后，才"打上两鞭"，让马飞奔起来。宋江报信的这一连串动作，充分说明了宋江处事的谨慎和周密。与此可以互为印证的，是宋江早早地就与家里出了籍，在法律上割断了与家庭的关系，而且还在家中的佛堂里挖了可以藏身的地窖子，以备不时之需。所以，按照宋江的行事风格，他根本不可能题写什么反诗，更不可能还将反诗公然写在浔阳楼这样的公众场所。宋江之所以会把诗词写在浔阳楼上，是因为宋江觉得自己所写的只是两首感怀记事的诗词。

第三，从宋江所作的诗词来看，他题写的并不是反诗。在浔阳楼上，黄文炳逐字逐句地品读了宋江的大作。当他读到"他时若遂凌云志，敢笑黄巢不丈夫"这句诗时，黄文炳摇着头道："这厮无礼，他却要赛过黄巢，不谋反待怎地？"可见，黄文炳指证宋江题写反诗的理由是宋江所写之诗的第四句："敢笑黄巢不丈夫。"

宋江写的这句"敢笑黄巢不丈夫"，真的是反诗吗？答案显然是否定的。黄文炳指证宋江题写反诗的逻辑是，既然黄巢是个犯上作乱之人，那么，你宋江竟然敢笑他黄巢不丈夫，那不是明摆着要超过他黄巢？宋江不是想谋反，那又是什么呢？应该说，黄文炳这是故意曲解了宋江的诗意。

赏读诗文，最基本的要求是不断章取义，只有上下文连起来读，才能准确把握作者的真实意图。宋江"他时若遂凌云志，敢笑黄巢不丈夫"这两句诗的意思分明是，他年如果能实现了自己的"凌云志"，那么他宋江就敢嘲笑黄巢不是个大丈夫。"敢笑黄巢不丈夫"的前提，是"他时若遂凌云志"。宋江要遂的"凌云志"，又是个什么"志"？宋江要遂的"凌云志"，就是要实现自己"全忠仗义，辅国安民"的人生理想。

在宋江看来，只有能够"全忠仗义，辅国安民"的人，才能算得上是个大丈夫。而那个对唐王朝降而复叛，杀人盈野，自取国号为"大齐"的反贼黄巢，是配不上大丈夫的称号的。所以，宋江才敢笑那黄巢不丈夫。这才是黄文炳所说的宋江反诗的真实意思。

对宋江所作的这首诗，余象斗本有句评语，讲得很到位："诗中尾句，结而有味，何等英雄。"可以说，宋江所写的那首诗并不是什么反诗，而是一首言志诗，一首自励诗。


## 杯酒浇块垒


一言以蔽之，宋江所写的这两首诗词，其实是酒后所发的牢骚，酒后所讲的狂言，酒后所抒的豪情，是真实心声的自然流露。

据《宋史·职官志》载，押司是官署中掌管案牍的胥吏，府吏有押司八人，县吏亦有押司。宋时禁止吏参加科举考试，从而断绝了吏做官的希望。各位看官应该还记得，小说第二十六回，那位住在武大郎家对门开冷酒店的老板胡正卿，就是吏员出身。宋江"自幼曾攻经史，长成亦有权谋"，但"吏"的身份，让宋江在当时的政治体制下，几乎不可能有任何施展自身抱负的机会。小说第三十二回，宋江在瑞龙镇与武松话别时，曾对武松说过这样一句感慨万千的话："我自百无一能，虽有忠心，不能得进步。"这句话深刻地道出了宋江自身处境的尴尬。

在这个残酷的社会现实面前，宋江是徒有凌云壮志，却总找不到任何得以进步的机会。虽然先落草为寇，再接受招安当官，在当时不失为一条做官的捷径。宋人庄绰《鸡肋编》里所记载的俚语，就从一个侧面反映了当时招安频繁的事实："仕途捷径无过贼，上将奇谋只是招。""欲得官，杀人放火受招安；欲得富，赶着行在卖酒醋。"而且，《水浒传》中也不乏绿林出身的武将，那十个随同高俅征讨梁山的节度使，就都是被朝廷招安的曾经的绿林好汉。可是，宋江总抹不开面子，下不了落草为寇，做个不忠不孝之子的决心。对此，袁无涯本有句比较中肯的评语："公明只以忠孝两字为重，说到逆天理、违父教，便泪如雨下，似曾读书识字过来，可敬可畏。"

至于宋江诗中所说的"他年若得报冤仇，血染浔阳江口"，那只是宋江酒后触景生情的牢骚，宣泄情绪的狂言而已。这个在浔阳楼上倚栏畅饮、手舞足蹈的宋江，有的只是对这个不公社会、不平制度的不满，有的只是对自己人生遭际不得志的郁闷和感伤。这个独坐在浔阳楼上的宋江，不过是在"借杯中之醇醪，浇胸中之块垒"。

# 江州劫法场之谜

## 可疑的印章

宋江被捕之后，受不了严刑拷打，只得承认自己误写了反诗，于是被蔡九知府关进了死牢。蔡九知府在黄文炳的鼓动之下，派戴宗前往东京给蔡太师报送抓获谋反贼人的消息，并请示对宋江的下一步处理意见。戴宗在去东京送信的路上，不意被朱贵发现了行踪。于是，朱贵就把戴宗带上了梁山。当晁盖听说宋江如今正被监押在江州监狱里的消息时，就慌忙请戴宗坐下来，详细询问宋江在江州吃官司的前因后果。于是，戴宗就把宋江吟反诗的前前后后，一一向晁盖作了详细述说。晁盖听了大惊，当即就要起请众位头领点了人马，下山去打江州，救宋江上梁山。

这时，吴用发话道："哥哥不可造次。江州离此间路远，军马去时，诚恐因而惹祸，打草惊蛇，倒送宋公明性命。此一件事，不可力敌，只可智取。吴用不才，略施小计，只在戴院长身上,定要救宋三郎性命。"于是,吴用便提出了一个请圣手书生萧让、玉臂匠金大坚上梁山,伪造一封蔡太师给蔡九知府的回信,从而伺机营救宋江的计谋。

吴用的这个计谋可以让梁山花最小的代价,成功救得宋江的性命。毕竟江州离梁山实在是太远了,少说也有千里之遥。而且,梁山作为一个军事集团,到目前为止,还没有丁点儿长途奔袭的作战经验。所以,晁盖听了吴用的计谋之后,就当场同意了,而且还大加赞赏道:"妙哉!"但是,在具体的执行过程中,却人为地出了个大差池。而这个大差池的后果,就是直接将宋江和戴宗两人打入了死牢,而且还差点即刻问斩,命丧黄泉。

小说写道,吴用为了实施假信计谋,就派戴宗将善写诸家字体的圣手书生萧让和善雕图章的玉臂匠金大坚请上了梁山。于是,萧让和金大坚在吴用的授意下,伪造了一封蔡京给蔡九知府的回书。诸事完毕之后,梁山准备了筵席,送戴宗起程返回江州。吴用送戴宗渡过金沙滩之后,又同众头领一起回到大寨继续喝酒。

正在饮酒间,只见吴用突然大声叫起苦来。众头领忙问道:"军师何故叫苦?"

吴用答道:"你众人不知:是我这封书,倒送了戴宗和宋公明性命也。"

众头领听了大惊,忙问道:"军师书上却是怎地差错?"

吴用道:"是我一时只顾其前,不顾其后,书中有个老大脱卯。……早间戴院长将去的回书,是我一时不仔细,见不到处,才使的那个图书,不是玉箸篆文'翰林蔡京'四字?只是这个图书,便是教戴宗吃官司。"

金大坚便道:"小弟每每见蔡太师书缄,并他的文章,都是这样图书。今次雕得无纤毫差错,如何有破绽?"

吴用道:"你众位不知,如今江州蔡九知府是蔡太师儿子,如何父写书与儿子,却使个讳字图书,因此差了。是我见不到处。此人到江州,必被盘诘,问出实情,却是利害。"

这"脱卯"一词就是指榫头离开了卯眼,常比喻事物脱节或失误。"图书"一词,用现在的话来说就是图章。这番对话里,吴用说自己"一时不仔细",在给蔡九知府的回信上盖错了印章。但是,事情的真相,果真如吴用所说的是他自己"一时不仔细,见不到处"吗?答案显然是否定的。

为了完美地伪造这封回信,吴用应该说是花了大力气,下了大功夫的。首先,吴用专门去请了造假的顶尖高手。吴用派戴宗去济州府,费了老大的劲,把萧让、金大坚以及他们的一家老小,全都赚上了梁山。把这两家人老老小小的全都赚上梁山,目的只有一个,那就是彻底断绝萧让、金大坚两人的念想,以便能够安心上梁山,一门心思地伪造这封回信,不让蔡九知府看出丁点儿的破绽。对伪造回信这件事,用吴用自己的话说是:"吴用已思量心里了。"言外之意，就是说他吴用早已考虑周全了。那么，既然早已考虑得如此完备了，最后怎么会犯如此低级的差错呢？偏偏就没想到要雕什么样的印章，以及盖什么样的印章这样一个至关重要的环节呢？

其次，吴用全程主持了回信的伪造工作。小说写道："吴学究却请出来，与萧让商议写蔡京字体回书，去救宋公明。金大坚便道：'从来雕得蔡京的诸样图书名讳字号。'当时两个动手完成，安排了回书。"从小说的叙述来看，如何伪造这封回信，是吴用、萧让、金大坚他们三个人细细商议的结果，包括用什么样的字体，雕什么样的印章。这萧让和金大坚均是一顶一的造假高手，萧让不但会写诸家字体，而且最擅长模仿蔡京的笔迹；那金大坚更是会雕蔡京的诸样图章名讳字号。可是，恰恰就是这个能"雕得蔡京的诸样图书名讳字号"的金大坚，最后雕错了印章。

事发后，金大坚并不想背雕错印章这个"黑锅"，他信心十足地申辩道："小生雕的图书，亦无纤毫差错，怎地见得有脱卯处？"原来，并不是金大坚把印章雕得走样了，而是吴用让金大坚雕错了印章。

吴用让金大坚雕了"翰林蔡京"这个蔡京的"讳字图书"，而正是这个"讳字图书"，把宋江和戴宗两人送上了断头台。因为父亲给儿子写信，是不会使用"讳字图书"的。另外，这个"翰林蔡京"的"讳字图书"是蔡京以前当翰林时用的图章，而眼下的蔡京，早已是权倾朝野的太师。这个常识性的错误，连黄文炳也一眼就看出了：“况兼这个图书，是令尊恩相做翰林学士时使出来，法帖文字上，多有人曾见。如今升转太师丞相，如何肯把翰林图书使出来？更兼亦是父寄书与子，须不当用讳字图书。令尊太师恩相，是个识穷天下、高明远见的人，安肯造次错用？”

这蔡九知府是蔡太师儿子这个事实，这蔡太师早已不是翰林了这个事实，吴用难道会不知道？这个一向行事十分谨慎的吴用，为什么会出这么大的一个纰漏？而且，吴用为什么一直要等到神行太保戴宗下山走了之后，才假装发觉了这个纰漏呢？这个吴用，到底安的是个什么心？

## 结连梁山泊强寇

一向行事谨慎的吴用如何会在关键时候用错了印章，以致差点要了宋江、戴宗两人的性命？唯一合理的解释就是，吴用根本不是如他自己所说的是“一时不仔细”用错了印章，而是故意为之。

有的看官看到这里可能要说了，既然吴用是在伪造回信时故意用错了印章，那么他为什么还要煞有介事地去赚萧让、金大坚两人上梁山呢？随便找个人写个字，雕个章，让蔡九知府一眼就能识破这个局，岂不是更省事？吴用这样做，不是多此一举吗？非也，正是这"多此一举"能够让其他人觉得吴用是真心想救宋江上梁山，从而掩盖吴用的真实意图——通过这封假信来制造宋江与梁山有勾连的事实，进一步坐实宋江谋反的罪名，从而置宋江于死地。为了顺利实施这一计划，吴用不惜拿自己的好友戴宗作了陪葬人。这，就是吴用的阴险高明之处。

读到这里，如果我们把镜头再回放几格，就会发现一个有趣的事实，那就是当初吴用提出伪造回信之计的时候，他立论的基点其实是有问题的。吴用的理由看上去好像很冠冕，是担心梁山军马此去江州营救宋江，"诚恐因而惹祸，打草惊蛇，倒送宋公明性命"。可是，这样的说法实际上是不成立的。宋江江州入狱的原因是写了反诗，而不是与梁山有什么勾连，所以梁山出兵江州，根本不存在"打草惊蛇，倒送宋公明性命"这样的说法。对宋江来说，写反诗与勾连梁山完全是两码事。

对于该如何处置写了反诗的宋江，应该就地斩首还是送往东京，蔡九知府一时还真有点拿捏不准，所以他写了信去请示蔡太师。如若宋江与梁山有勾连，那处理起来就简单多了，那就是"斩立决"。果然，戴宗送假信的事情一被发现，宋江的案子立马就急转直下。可以这样说，吴用的这封假信，生生地把宋江与梁山绑在了一起。各位看官如若不信,请看戴宗送假信事发后,蔡九知府是如何处置宋江的。

小说第四十回,蔡九知府在黄文炳的帮助下识破了戴宗的假信,蔡九知府非常感谢黄文炳,说道:"若非通判高见,下官险些儿误了大事。"

黄文炳道:"眼见得这人也结连梁山泊,通同造意,谋叛为党,若不袪除,必为后患。"

蔡九知府道:"便把这两个问成了招状,立了文案,押去市曹斩首,然后写表申朝。"

黄文炳道:"相公高见极明。似此,一者朝廷见喜,知道相公干这件大功;二者免得梁山泊草寇来劫牢。"

第二天,蔡九知府一升厅便唤当案孔目过来吩咐道:"快教送了文案,把这宋江、戴宗的供状招款粘连了。一面写下犯由牌,教来日押赴市曹,斩首施行。自古谋逆之人,决不待时,斩了宋江、戴宗,免致后患。"

那个犯由牌上清清楚楚地写着宋江、戴宗两人的罪状:"江州府犯人一名宋江,故吟反诗,妄造妖言,结连梁山泊强寇,通同造反,律斩。犯人一名戴宗,与宋江暗递私书,勾结梁山泊强寇,通同谋叛,律斩。监斩官江州府知府蔡某。"

你宋江、戴宗两人既然"结连梁山泊强寇,通同造反",那么,等待他们的只能是按律问斩了,甚至不用请示朝廷,来个先斩后奏就可以了,因为"自古谋逆之人,决不待时"。

# 脑残的方案

智者千虑，必有一失，就当用错了印章是吴用"一时不仔细"，但吴用制定的那个劫法场的方案为何如此之脑残，就真的很难说通了。

下面，我们就来看看吴用制定的那个脑残的营救方案。小说第四十回，吴用告诉晁盖因自己的一时不仔细，用错了图章，倒送了戴宗和宋江的性命后，晁盖心急如焚，便问吴用道："怎生去救？用何良策？"吴用便向前与晁盖耳语道："这般这般，如此如此。主将便可暗传下号令，与众人知道，只是如此动身，休要误了日期。"众多好汉便得了晁盖的将令，各各拴束了行头，连夜下山，直奔江州而去。

劫法场那天，江州城里到底发生了什么事情？小说写道，宋江问斩当日，只见法场东边来了一伙弄蛇的乞丐，法场西边来了一伙使枪棒卖药的，法场南边来了一伙挑担的脚夫，法场北边来了一伙客商，推着两辆车子。这些人都咋咋呼呼地要挤入法场看热闹，但是都被维持秩序的土兵们，挡在了法场外面。到了午时三刻，蔡九知府便大喝一声道："斩讫报来。"

这时，只见有个推车的客人，听得一个"斩"字，立马就从怀中取出一面小锣儿，立在车子上，当当地敲得两三声。于是，这四伙人就一齐动起手来。

这时，只见十字路口茶坊楼上，一个虎形黑大汉，脱得赤条条的，手握着两把板斧，大吼一声，却似半天起个霹雳，从半空中跳下来。手起斧落，早砍翻了两个行刑的刽子手。然后，这个黑大汉便望蔡九知府的马前砍过去。众土兵急忙拿枪去搠，但是哪里能拦挡得住。于是，众人只得簇拥着蔡九知府逃命去了。

　　这时，只见东边那伙弄蛇的乞丐，身边都掣出尖刀，看着土兵便杀；西边那伙使枪棒卖药的，大发喊声，只顾乱杀起来，把土兵狱卒杀倒了一大片；南边那伙挑担的脚夫，抢起扁担，横七竖八，都打翻了土兵和那些看热闹的人；北边那伙客人，都跳下车来，推过车子，拦住了道路。两个客商钻将入来，一个背了宋江，一个背了戴宗。其余的人，也有取出弓箭来射的，也有取出石子来打的，也有取出标枪来投的。

　　原来，这伙扮客商的便是晁盖、花荣、黄信、吕方、郭盛；那伙扮使枪棒卖药的便是燕顺、刘唐、杜迁、宋万；那伙扮挑担的便是朱贵、王矮虎、郑天寿、石勇；那伙扮乞丐的便是阮小二、阮小五、阮小七、白胜。

　　晁盖见人丛里那个黑大汉，抢着两把板斧，一味地砍将过来，杀人最多。晁盖猛然想起，戴宗曾与他说过有一个黑旋风李逵，和宋江关系最好，是个莽撞之人，想来这个黑大汉就是李逵了。于是，晁盖便叫背宋江、戴宗的两个小喽啰，只顾跟着那黑大汉走。当下去十字街口，不问军官百姓，杀得横尸遍野，血流成渠。推倒倾翻的，不计其数。众头领也都撇了车辆担仗，一行人全都跟了那黑大汉，直杀出城去。背后花荣、黄信、吕方、郭盛，四张弓箭飞蝗般望后射来。那江州军民百姓，谁敢近前。

这黑大汉一路杀到江边，还是一个劲地砍杀百姓。离城沿江走了五七里路，却没有了旱路，眼前的一派滔滔江水拦住了晁盖他们的去路。晁盖见了，只叫得苦。这时，那黑大汉叫道："不要慌，且把哥哥背来庙里。"众人回过神来，只见江边有一座大庙，两扇庙门紧紧地关闭着。那黑大汉两斧砍开庙门，便闯了进去。晁盖众人抬眼看时，只见前面牌额上有四个金书大字，写道"白龙神庙"。那两个小喽啰便把宋江、戴宗两人背到庙里歇下。这时，宋江方才敢睁开眼睛，见了晁盖等众人，大哭道："哥哥，莫不是梦中相会？"然后，众人便商议如何脱身，离开江州。阮氏三兄弟望见江对岸泊着几只船，便想赴水过江，去将那几只船夺过来载人。正在这紧要关头，张顺、李俊一伙驾着三只船过来，恰好救下了晁盖、宋江众人。于是，就有了白龙庙英雄小聚义这一节故事。

各位看官，如果我们仔细分析一下江州劫法场的整个过程，就不难发现，那个吴用制定的营救方案，其实是个脑残得不能再脑残的方案。如果不是张顺、李俊他们及时赶

容与堂本《白龙庙英雄小聚义》

到,晁盖、宋江他们差一点就要全军覆没,命丧浔阳江边了。

第一,没有明确由谁来干掉刽子手。劫法场最紧要的事情是,如何干净利索地干掉那个行刑的刽子手。否则,你这边动手劫法场,那边刽子手早已手起刀落,人头落地,等你赶到时,黄花菜都凉了。吴用在法场的东、南、西、北四个方向,都安排了梁山的头领,但是令人感到奇怪的是,吴用唯独没有安排专门负责干掉那两个行刑的刽子手的人手。

花荣的箭术可以说是天下无双的,想当初,花荣初上梁山时,就箭射南飞的大雁。晁盖、吴用见了花荣的箭术之后,尽皆骇然,都称花荣为神臂将军。而作为军师的吴用,甚至是这样称赞花荣箭术的:"休言将军比小李广,便是养由基也不及神手,真乃是山寨有幸!"可以说,花荣是江州劫法场时干掉那两个刽子手的最佳人选。可是,真正到了江州劫法场的时候,吴用给"便是养由基也不及"的花荣安排了什么任务?说起来真的是让人大跌眼镜,吴用给花荣安排的任务,竟然是同晁盖一道推了车子去拦路。可以明确地说,如果不是李逵的横空出现,那么按照吴用的行动计划,等那些梁山好汉杀到宋江、戴宗跟前时,他们两人早已身首异处。

第二,没有明确是来做什么的。晁盖这些梁山好汉之所以要千里迢迢地来到江州劫法场,他们的目的就是营救宋江、戴宗两人的性命。那么,按照吴用的安排,晁盖这些梁山的十七个好汉在劫法场的时候，又做了哪些事情呢？从整个劫法场的行动过程来看，晁盖这些梁山好汉好像事先并没有明确的分工，也没有明确的任务。一听得蔡九知府发出了那"斩"字的号令，他们所做的事情只有一件，那就是杀人，而且是尽可能多地杀人。

更让人匪夷所思的是，这十七个梁山好汉中竟然没有一个人，在劫法场的时候能够果断地冲上前去解救此刻正被绑在法场中间的宋江和戴宗。还是两个不知姓名的小喽啰机灵，见李逵砍翻了那两个行刑的刽子手之后，便钻将入来，一个背了宋江，一个背了戴宗，转身就从法场里跑了出来。而且，晁盖这些千里奔袭的梁山好汉，他们手中的武器也是五花八门、相当可笑的，根本没有一件是他们平时使用的拿手武器。晁盖他们手中拿着的武器，要么是尖刀、棍棒，要么是扁担、车子，再厉害点的也不过是弓箭、石子和标枪。这哪里是劫法场应有的套路？

第三，没有明确都要听谁的。劫法场是个风险极大的冒险活，因为此时官府对法场的防备是十分严密周全的。根据小说的描写，在江州法场，光是维持现场秩序的土兵就有五百多人，现场另外还有六七十个狱卒。所以，在江州劫法场的时候，现场必须要有个总指挥，来统筹把控整个行动的节奏和重点。

看吴用的方案，这个现场总指挥好像是晁盖，可从现场的实际情况来看，晁盖又好像并没有担负什么总指挥的责任。除了在行动之前，晁盖的团队里有人站在车子上面，敲两三声小锣儿，以作为行动开始的信号；除了后来撤退时，众人寻不着方向，晁盖便叫两个小喽啰背着宋江、戴宗，只顾跟着那个杀红了眼的李逵走，就再也看不出晁盖有什么现场的靠前指挥了。整个梁山劫法场的行动，可以说是群龙无首、各自为战，根本没有形成什么完整的战斗力。所以，吴用计划之下的江州劫法场，完全可以说是一场毫无章法、十分莽撞的冒险行动。

第四，没有明确该往哪里撤。安排妥当的撤退路线，是劫法场成功的关键环节。但是，从小说的描写来看，吴用压根就没给晁盖安排任何撤退线。劫了法场之后，晁盖便叫背宋江、戴宗的两个小喽啰，只顾跟着那个自己并不认识的李逵走。于是，众头领也都撇了车辆担仗，全都跟了李逵，杀出江州城。转眼间，晁盖他们就来到了浔阳江边，只见江水阻隔，无路可走。于是，晁盖他们只得又跟着李逵，沿江走了五七里路，来到了白龙庙前。可见，晁盖他们在江州劫法场的时候，从头到尾就是在盲动，就是在乱窜，根本没有任何的计划性可言。

到了白龙庙后，早已看出了此次行动凶险的花荣，这样对晁盖说道："哥哥，你教众人只顾跟着李大哥走，如今来到这里，前面又是大江拦截住，断头路了，却又没一只船接应，倘或城中官军赶杀出来,却怎生迎敌?将何接济?"

李逵听了便说道:"我与你们再杀入城去,和那个鸟蔡九知府一发都砍了便走。"

李逵的这番话,显然是不着边际的李逵式的胡言乱语,那么其他好汉在听了花荣所说的这一疑问之后,又是如何应对的呢?

小说写道,这时戴宗方才苏醒过来,听李逵如此说,便叫道:"兄弟,使不得莽性,城里有五七千军马,若杀入去,必然有失。"

阮小七道:"远望隔江,那里有数只船在岸边,我兄弟三个赴水过去,夺那几只船过来载众人如何?"

晁盖听了,就同意道:"此计是最上着。"

各位看官,由此我们不难看出,吴用压根就没有制订什么撤退的计划。小说第四十一回,白龙庙脱险之后,在穆太公庄上,晁盖与李逵各有一句话,说得是极有意味。晁盖道:"若非是二哥众位把船相救,我等皆被陷于缧绁。"晁盖的意思很明白,那就是如果没有张顺、李俊等江州好汉的出手相救,那么晁盖他们这次劫法场的行动肯定会以失败告终。李逵面对穆太公"你等如何却打从那条路上来"的疑问,大大咧咧地说道:"我自只拣人多处杀将去,他们自要跟我来,我又不曾叫他。"众人听了李逵的话后虽全都大笑不已,但是大笑之后的回味,却该是多么令人细思极恐呀!难怪金圣叹就李逵劫法场之事,这样批道:"令人事过思之,尚有余畏未定。"

## 虽曰人事,岂非天道

有的看官看到这里可能要说了,吴用之所以会出如此脑残的劫法场的行动方案,很有可能是吴用在这方面实在是缺乏经验。这样的说法,其实是不符合小说实际的。作为梁山军师的吴用,除了制定过江州劫法场这个行动方案,还先后制定过大名府解救卢俊义、东平府解救史进的行动方案。同样都是营救被俘人员,同样都是出自吴用之手,可这江州劫法场的行动方案同后来那两个行动方案就周密部署相比,根本就不在同一个量级上。

吴用为什么要制定这样一个脑残的行动方案?难道此时的吴用,就是如此的没有水平?答案显然是否定的。这样一个看似脑残的行动方案,暗藏的却是吴用的神机妙算,吴用的重重心机。仔细分析一下吴用获悉宋江题写反诗入狱之后的所作所为,就不难发现其用心的险恶和心思的缜密。吴用其实就是想通过做足营救宋江这篇文章,来达到借刀杀人,最终消灭宋江,甚至是消灭晁盖的目的。

如果吴用的计谋成功了,那么他无疑就成了梁山此次江州劫法场行动的最大受益者。吴用的受益，大概可以分为这样三种情况：一是，晁盖、宋江两人皆死，吴用顺位成为梁山的老大；二是，晁盖、宋江两人之中死一人，吴用依旧是梁山的老二；三是，晁盖、宋江两人都顺利回梁山，两人特别是宋江会感谢吴用的鼎力相助，佩服吴用计谋的高明。

吴用的计谋之所以最后会以失败告终，其实是因为出现了这样三个吴用不可掌控的因素：一是，黄孔目对宋江、戴宗行刑日期的竭力拖延；二是，李逵的横空杀出；三是，白龙庙英雄小聚义，张顺、李俊等江州派人马的加入，极大地增强了晁盖、宋江他们的战斗力。这真可谓是人算不如天算。

有人也发现了梁山江州劫法场行动中的诸多疑点，于是提出了一种说法，说宋江才是江州劫法场行动的策划者。这种说法的主要观点是宋江安排李逵来劫法场，并事先设计好了撤退计划，让张顺、李俊等人前来白龙庙接应。所以，即使没有梁山的帮助，宋江自己也能绝处逢生，逃出生天。因此，宋江才是整部《水浒传》中最有计谋的人。这种说法粗一听好像有点道理，但其实却并不符合小说的原意。

从劫法场的整个行动来看，李逵那所谓营救行动，完全是自发而盲目的，根本没有任何计划可言。李逵叫晁盖他们不要慌，让他们把宋江和戴宗背到庙里来，也不是因为早就有了预备方案，或要和什么人接头。小说写道，只见李逵提着双斧，从廊下走了出来，宋江便叫住李逵道："兄弟那里去?"李逵应道:"寻那庙祝,一发杀了,叵耐那厮不来接我们,倒把鸟庙门闭上了。我指望拿他来祭门,却寻那厮不见。"可见,李逵只是在杀人的途中,偶然看见了这座白龙庙,想躲进庙里来暂时安身。"叵耐那厮不来接我们",并不是说李逵与这个庙祝原先有什么约定,这只是李逵随口所讲的一句恶语。

那么,此时的宋江在干什么呢?小说里有这样一个细节,十分传神地写出了此时宋江的状态。小说写道:"小喽罗把宋江、戴宗背到庙里歇下,宋江方才敢开眼,见了晁盖等众人,哭道:'哥哥,莫不是梦中相会?'"原来,从江州城里十字路口的法场到江州城门外,再到浔阳江边,然后再沿着江跑了五七里路,这宋江被人背着,一路上竟然都没有睁开过眼睛。一个"敢"字,写尽了宋江此时的不堪。

至于张顺、李俊等人,也不是宋江事先安排好的。小说第四十回写道,晁盖、宋江一行人逃到了白龙庙,只见江水阻隔,无路可走。阮小七便同晁盖说道:"远望隔江,那里有数只船在岸边,我兄弟三个赴水过去,夺那几只船过来载众人如何?"晁盖道:"此计是最上着。"宋江并没有对此提出什么建设性的意见来,只是当场就同意了阮氏三兄弟和晁盖的说法。

小说接着写道,阮氏三兄弟钻入水中,想去江对岸夺几只船过来,好载众人渡江脱险。这时,只见江面上有三只大船，吹风胡哨，飞也似的摇将过来。坐在这三只大船上的人，便是张顺、李俊他们。白龙庙里的众人见那三只船上各有十数人，手里都拿着军器，便全都惊慌起来。宋江听到这个消息，只得感叹道："我命里这般合苦也。"张顺在船上看见白龙庙里有这么多人，感到很奇怪，于是便大声喝道："你那伙是甚么人？敢在白龙庙里聚众？"这时，宋江跑出了庙门，远远看见那个江上的来者正是张顺，便顾不得什么颜面，对着张顺就是一通大喊大叫："兄弟救我。"张顺他们见那个在白龙庙前大喊大叫的人就是宋江时，也大声回应道："好了！"

由此可见，张顺他们并不知道宋江就躲在白龙庙里，而宋江也不知道来者就是张顺。显然，在白龙庙前，张顺与宋江其实只是偶遇了而已，他们之间事先并没有什么接应的约定。

金圣叹也在"好了"句下批道："写出心中无数又苦又急。"

综上所述，梁山江州劫法场的行动，完全是个被吴用利用了的冒险行动。如果不是晁盖、宋江他们运气好，在浔阳江边的绝地碰到了张顺、李俊一伙，他们绝对不可能逃出生天。对此，王望如本有个颇为中肯的评语："江州去梁山非十里百里之近也，李逵、张横、张顺、李俊辈，非有置邮传命之人也，虽吴用悔假书之误，预谋出由安知其决不待时之人，必有五日之延捱也。乃不期而会，如有待而来，虽曰人事，岂非天道。"

"虽曰人事，岂非天道。"此言甚是。

陈洪绶《水浒叶子》之呼保义宋江

# 宋江打无为军之谜

宋江提出要打无为军，是在穆太公的庄上。小说第四十一回写道，晁盖、宋江他们率领众人杀退了前来追捕的江州官军之后，从白龙庙上船，来到了穆太公的庄上。穆弘宰牛杀羊，热情款待各位好汉。席间，宋江起身对众人说道："小人宋江，若无众好汉相救时，和戴院长皆死于非命。今日之恩，深于沧海，如何报答得众位？只恨黄文炳那厮搜根剔齿，几番唆毒，要害我们。这冤仇如何不报？怎地启请众位好汉，再做个天大人情，去打了无为军，杀得黄文炳那厮，也与宋江消了这口无穷之恨。那时回去如何？"

晁盖道："我们众人偷营劫寨，只可使一遍，如何再行得？似此奸贼已有提备，不若且回山寨去，聚起大队人马，一发和学究、公孙二先生，并林冲、秦明，都来报仇，也未为晚。"

宋江道："若是回山去了，再不能够得来。一者山遥路远，二乃江州必然申开明文，各处谨守。不要痴想，只是趁这个机会，便好下手，不要等他做了准备。"

宋江为了报一己之仇，想趁势去攻打无为军，杀了黄文炳，但是晁盖却明确提出了反对意见。晁盖的理由有三条：一是，偷营劫寨的方法只能用一次，如果故伎重演，那么成功的可能性就很小了。二是，现在劫了江州法场，江对岸的无为军可能已经有了防备，如果此时起兵攻打，时机可能不够成熟。三是，现在手头人马不多，力量不强，回梁山聚集起大队人马后再来攻打无为军，成功的可能性要大得多。

　　宋江却并不认同晁盖的想法，宋江觉得这个仗还是可以打的。宋江的理由也有三条：一是，梁山与江州相隔遥远，如果这次回梁山去了，那么，再来江州的可能性就很小了。二是，此次劫了江州法场，朝廷必然会对梁山严加防范。三是，江州一战，宋江他们已经打出了威风，趁势攻打无为军，可以说是个绝佳机会，一则可以一鼓作气，乘胜追击，二则江州官军未必会出城过江前来打援，三则可以打无为军一个措手不及。

　　宋江为什么一定要坚持去打无为军？真的只是为了杀了黄文炳，以报自己的一己之仇吗？答案是否定的，宋江是想借此机会来确立自己的威信，好让自己上了梁山之后能够站稳脚跟。

　　宋江的话音一落，那个铁杆"宋粉"花荣就立马表态支持，说道："哥哥见得是。"然后，接下来的话题就不是要不要打无为军，而是怎样打无为军了。小说接着这样写道："只说宋江自和众头领在穆弘庄上商议要打无为军一事，整顿军器枪刀，安排弓弩箭矢，打点大小船只等项。"一个"自"字，既写出了宋江的擅权，也写出了晁盖的无奈。作为梁山泊主兼江州劫法场行动总指挥的晁盖，此时在攻打无为军这样一件极为重大的事情上，竟然失去了话语权。

晁盖为什么会乖乖地交出行动的指挥权呢？各位看官请看，此时坐在穆太公庄上的二十九位好汉中，真正能够听从晁盖指挥的，只有刘唐、杜迁、宋万、朱贵、阮氏三兄弟和白胜这八个人；其余的二十位好汉，除了宋江，要么是清风山系的，要么就是江州派的。可见，宋江的话语权已明显大于晁盖。

攻打无为军这一仗，果然如宋江所料是大获全胜。这一仗对梁山今后的战略走向，产生了极为深远的影响。可以这样说，宋江正是借着这一仗，迅速确立了自己在梁山上的威信；而晁盖也正是从这一仗开始，被宋江一步步地架空了。正是这一仗，第一次让梁山好汉们认识到了宋江的军事指挥才能。也正是这一仗，让吴用清醒地意识到，梁山今后的发展格局必将发生重大的变化，只有跟着宋江，自己才可能有更加灿烂的前途。

于是，经过攻打无为军这一仗，宋江就可以安安心心地上梁山了。

# 托塔天王晁盖的故事

## 模糊的容貌

身为第二任梁山泊主的晁盖，虽然不在天罡地煞之列，却是整部《水浒传》的重要人物。如果没有晁盖，就没有了智取生辰纲的精彩纷呈，也就没有了后来水泊梁山波澜壮阔的一系列故事。但是，小说编写者对晁盖的处理，却很有点让人匪夷所思。其中最为明显的，莫过于对晁盖容貌的描写。

晁盖人称"托塔天王"，乍一听让人觉得他非常厉害，这晁天王是个武功高强且仪表堂堂的英雄好汉。但是，如果你细读小说，就会惊讶地发现，小说的描写并非如此。我们可以这样说，晁盖是所有水浒好汉中，容貌被描写得最为模糊的一位。

晁盖的第一次出场，是在小说第十四回。小说写道："原来那东溪村保正姓晁，名盖，祖是本县本乡富户，平生仗义疏财，专爱结识天下好汉，但有人来投奔他的，不论好歹，便留在庄上住；若要去时，又将银两赍助他起身。最爱刺枪使棒，亦自身强力壮，不娶妻室，终日只是打熬筋骨。"

而小说第六十回，是这样描写段景住的："焦黄头发髭须卷，捷足不辞千里远。但能盗马不看家，如何唤做金毛犬？"段景住在梁山一百单八将中排在地煞星第七十二位，总排位第一百零八位。也就是说，段景住无论是在地煞星还是在梁山好汉的排行榜中，都是倒数第一。

小说第四十六回，是这样描写时迁的："骨软身躯健，眉浓眼目鲜。形容如怪族，行走似飞仙。夜静穿墙过，更深绕屋悬。偷营高手客，鼓上蚤时迁。"时迁在梁山一百单八将中排在地煞星第七十一位，总排位第一百零七位。也就是说，时迁无论是在地煞星还是在梁山好汉的排行榜中，都是倒数第二。

小说第六十一回，是这样描写卢俊义的："目炯双瞳，眉分八字，身躯九尺如银。威风凛凛，仪表似天神。……慷慨疏财仗义，论英名播满乾坤。卢员外双名俊义，绰号玉麒麟。"卢俊义是梁山泊的第二把手，在梁山一百单八将中排在天罡星第二位，总排位也是第二位。

小说第十八回，是这样描写宋江的："眼如丹凤，眉似卧蚕。滴溜溜两耳悬珠，明皓皓双睛点漆。唇方口正，髭须地阁轻盈；额阔顶平，皮肉天仓饱满。坐定时浑如虎相，走动时有若狼形。年及三旬，有养济万人之度量；身躯六尺，怀

陈洪绶《水浒叶子》之鼓上蚤时迁

陈洪绶《水浒叶子》之玉麒麟卢俊义

扫除四海之心机。……"宋江在梁山一百单八将中排在天罡星第一位,总排位也是第一位。

小说第十二回,杨志东京城卖刀一节,是这样描写那个泼皮牛二的:"面目依稀似鬼,身持仿佛如人。枒杈怪树,变为肐瘩形骸;臭秽枯桩,化作腌臜魍魉。浑身遍体,都生渗渗濑濑沙鱼皮;夹脑连头,尽长拳拳弯弯卷螺发。胸前一片紧顽皮,额上三条强拗皱。"

不知各位看官注意到了没有,小说连对名列梁山排名倒数第一、第二位的段景住、时迁的容貌特长,甚至是那个东京城的泼皮牛二,都有精细的描写,更不用说对宋江、卢俊义的描写了。可是,小说对晁盖的容貌描写,却是非常模糊不清的。我们把小说从头读到尾,也不知道晁盖这个人到底长得怎么样?是高还是矮?是胖还是瘦?所以,陈老莲在作《水浒叶子》时,总共画了四十个梁山好汉,但他就是画不出晁盖的模样来。

晁盖的容貌为什么会这样不合情理地模糊不清呢?从小说的整体架构来看,这恐怕是由晁盖在小说中的特殊地位决定的,是小说编写者故意所为。小说第十九回末尾有句话,写得非常有意味:"替天行道人将至,仗义疏财汉便来。"显然,这个"替天行道人"说的应该是宋江,而那个"仗义疏财汉"当然就是指晁盖了。这句话的意思是说,正因为宋江这个"替天行道人"将要登场亮相了,所以晁盖这个"仗义疏财汉"便先来给宋江打个前站。

晁盖上梁山之前，梁山泊的寨主是白衣秀士王伦。王伦只是个小富即安的山大王，只想守住这属于自己的一亩三分地，所以当林冲在柴进的举荐下前来梁山泊入伙时，他会因担心林冲武功高强，便全然不顾柴进的面子，一定要打发林冲去另投别处。而当晁盖他们劫了生辰纲反上梁山的时候，王伦又因担心晁盖的加盟会威胁了自己梁山泊主的位子，便不肯让晁盖他们入伙，进而引发林冲火并王伦这一节故事。可以说，王伦时期的梁山只是个小打小闹的山贼草寇的集聚地而已。

林冲火并王伦以后，梁山就举起了"共聚大义"的旗帜。小说第二十回，有句诗是这样描写晁盖当了梁山泊主后梁山的新气象的："一从火并归新主，会见梁山事业新。"不过，这诗中所说的"梁山事业新"，只是因为晁盖在王伦山贼草寇的基础之上，更多地注入了"义"的元素。用晁盖自己的话来说，今后下山抢劫，"只可善取金帛财物，切不可伤害客商性命"。晁盖的人生理想和奋斗目标仍然是"论秤分金银，换套穿衣服"，他既没有如何壮大梁山的纲领目标，也没有折服众人的出色本领，更没有为梁山建立什么傲人的发展业绩。所以，晁盖最多算是一个重情重义的好大哥，但他绝不是一个能引领梁山事业大发展的好首领。

而宋江到了梁山之后，想要发展壮大梁山事业，所以对各类朝廷降将都非常尊重，不但礼遇有加，有时甚至还礼遇得有点过分了。比如，听说那个兵败梁山而被擒的济州团练使黄安病亡了，就要嗟叹不已，遗憾万分；比如，对董平、关胜、呼延灼之类的朝廷降将，宋江是超乎寻常地谦恭，有时甚至提出要让位以待。小说第六十回，宋江权居梁山泊主位之后，当即就将原先晁盖的"聚义厅"改为了"忠义堂"。这"忠义堂"的牌子一挂上，立马就改变了梁山泊的聚义性质。此时的梁山泊，已由晁盖时期的生存需求，上升为宋江时期的自我实现需求。于是，那晁盖时期"大块吃肉，大碗喝酒"的聚义好汉，也就成了"全忠仗义，辅国安民"的忠义之师。对此，容与堂本有个很到位的评语："李卓吾曰：改聚义厅为忠义堂，是梁山泊第一关节，不可草草看过。"

宋江没上梁山时，晁盖的作用是为宋江上山做准备；宋江上了梁山之后，晁盖的作用就成了为宋江当梁山泊主做准备了。晁盖在梁山，注定只能是个过渡性的人物。所以，晁盖就成了一个对梁山来说十分重要，但面貌却永远模糊不清的第二任梁山泊主了。

## 今日富贵安乐，从何而来？

晁盖作为梁山泊的第二任寨主，按理说，应该是个极具领袖风范的风云人物。但是，如果我们细读小说，却会发现晁盖其实只不过是个为人厚道、能力平平的大哥似的人物，毫无领袖风采可言。下面，我们先来讲讲晁盖的为人问题。

首先，晁盖是个很懂得感恩的人。劫取生辰纲事发，宋江冒死去东溪村报信，从而救了晁盖等人的性命。于是，晁盖就念念不忘宋江的救命之恩，事事处处都想要报恩。

我们先来看晁盖送金。小说第二十回，晁盖成了梁山新一任的寨主之后，他想到的"第一件要紧的事务"，就是派人去郓城县感谢宋江与朱仝。晁盖的意思很明白，"俺们弟兄七人的性命，皆出于宋押司、朱都头两个"，饮水当思源，知恩该图报，现在日子过得红火了，更要晓得"今日富贵安乐，从何而来？"

我们再来看请宋江上梁山。小说第三十六回，宋江被刺配江州，路过梁山。为了不被梁山发现，宋江那天特意起了个大早，五更天就打火做饭，而且尽拣偏僻小路走，可还是被早就守候在此的刘唐截住了。刘唐对宋江说道："奉山上哥哥将令，特使人打听得哥哥吃官司，直要来郓城县劫牢，却知道哥哥不曾在牢里，不曾受苦。今番打听得断配江州，只怕路上错了路道，教大小头领分付去四路等候，迎接哥哥，便请上山。"刘唐所说的"山上哥哥"，指的就是晁盖。宋江被刘唐他们请上梁山后，晁盖见了宋江所讲的第一句话就是："自从郓城救了性命，兄弟们到此，无日不想大恩。

前者又蒙引荐诸位豪杰上山，光辉草寨，恩报无门。"可见，晁盖虽然上了梁山，但他的心里却时时记挂着宋江的安危。打听得宋江吃了官司，便要来郓城县劫牢；听说宋江被断配江州，便教大小头领早早去四路等候。晁盖的目的只有一个——迎请宋江上梁山，共享快乐人生。

我们再来看江州劫法场。小说第三十九回，当晁盖得知宋江被陷江州后，又是一番怎样的反应呢？小说写道，"晁盖听得，慌忙请戴院长坐地，备问宋三郎吃官司为甚么事起。戴宗却把宋江吟反诗的事，一一说了。晁盖听罢大惊，便要起请众头领点了人马，下山去打江州，救取宋三郎上山。"如果不是吴用提出了智救宋江的计策，晁盖当即便要点起人马，去江州救宋江了。后来，宋江因吴用用错了蔡京的图章要被问斩，晁盖便只留了四个头领把守梁山，亲自带着其他的十六个头领，千里奔袭江州，去救宋江。

最后，我们来看宋江还道村遇险。小说第四十二回，宋江上了梁山之后，就想回家搬取宋太公等家人一同上梁山。不料，宋江连家门还没迈进，就遭到了郓城县都头赵能、赵得的追捕。宋江没有办法，只好躲进了九天玄女庙。万幸的是，宋江最后被李逵、刘唐他们救了。

宋江就问刘唐道："你们如何得知，来这里救我？"

刘唐答道："哥哥前脚下得山来，晁头领与吴军师放心不下，便叫戴院长随即下来，探听哥哥下落。晁头领又自己放心不下，再着我等众人前来接应，只恐哥哥有些疏失，半路里撞见戴宗道：'两个贼驴追赶捕捉哥哥。'晁头领大怒，分付戴宗去山寨，只教留下吴军师、公孙胜、阮家三弟兄、吕方、郭盛、朱贵、白胜看守寨栅，其余兄弟，都叫来此间寻觅哥哥。"

正在说话间，只见晁盖带着一班梁山好汉，赶过来见宋江。晁盖对宋江说道："好教贤弟欢喜，令尊并令弟家眷，我先叫戴宗引杜迁、宋万、王矮虎、郑天寿、童威、童猛送去，已到山寨中了。"

宋江听了大喜，拜谢晁盖道："得仁兄如此施恩，宋江死亦无怨！"

这晁盖对宋江的情义之深，可见一斑。难怪金圣叹读到这里，要连批两句，一曰："写晁盖好。"一曰："放心不下四字作两番写来，使人感泣。"

其次，晁盖很有人情味。

我们先来看晁盖是如何对待白胜的。小说第二十回，晁盖当了梁山泊主之后，就同吴用说道："再有白胜陷在济州大牢里，我们必须要去救他出来。"生辰纲案的突破口虽然在白胜身上，但是白胜始终没有招供出晁盖等七人的姓名。所以，白胜虽然在智取生辰纲时只是个小角色，连参加七星聚义的资格都没有，但晁盖仍是以义为重，嘱咐吴用一定要想办法把白胜救出来。

我们再来看林冲是如何看晁盖的。林冲火并王伦之后，见晁盖做事宽宏、疏财仗义，还在山上安顿好了各家老小，便不觉思念起远在东京的妻子。于是，林冲就把自己的心事告诉了晁盖。

林冲道："小人自从上山之后，欲要搬取妻子上山来，因见王伦心术不定，难以过活，一向蹉跎过了。流落东京，不知死活。"

晁盖道："贤弟既有宝眷在京，如何不去取来完聚？你快写书，便教人下山去，星夜取上山来，多少是好。"

后来，晁盖听说林娘子因不堪高俅的威逼，早在半年前就自缢身亡了，不禁怅然嗟叹，对林冲深表同情。

各位看官应该记得，林冲是在头年的雪夜上的梁山，等到晁盖他们上梁山时，早已过去了半年多的时间。虽然林冲心中时时思念着自己的亲人，但他从没在王伦面前表露过，因为在他看来王伦是个"心术不定，难以过活"的人。现在，晁盖当了梁山泊的新寨主，林冲就把自己的心事都说了。两相一比较，在林冲的眼里，那晁盖的待人处事，该是多么宽厚，多么暖心。

我们接着看晁盖对兄弟们和那些被掳劫的客商的态度。小说第二十回有一段对梁山打劫行动的描写，这是晁盖当了梁山泊主之后，梁山的第一次打劫行动。那天，晁盖等人正在饮酒，有个小喽啰前来报告说，今晚有一批客商会从山下旱路经过。于是，晁盖就派阮氏三兄弟，点了一百余人，下山去设伏。晁盖担心阮氏三兄弟设伏有难度，紧接着又派了刘唐，点了一百余人，下山去接应，并吩咐刘唐道："只可善取金帛财物，切不可伤害客商性命。"

等到三更天，晁盖见山下还没有回报，于是又派了杜迁、宋万，带着五十余人下山去接应。而晁盖自己则与吴用、公孙胜、林冲三人一边饮酒一边等消息，一直等到天亮时，才见小喽啰来报喜道："得了二十余辆车子金银财物，并四五十匹驴骡头口。"

晁盖问道："不曾杀人么？"

小喽啰答道："那许多客人，见我们来得头势猛了，都撇下车子、头口、行李，逃命去了，并不曾伤害他一个。"

晁盖见说大喜："我等初到山寨，不可伤害于人。"

从小说的这段描写中，我们可以发现，晁盖是个非常有人情味的好大哥。晁盖不但对自家的兄弟非常关心，时时记挂着下山去的兄弟们的安危，为了等山下的消息，甚至可以一夜无眠。而且，晁盖对被劫的客商也很宽厚。

## 我不自去，谁肯向前？

晁盖的为人是很厚道的，堪称一个好大哥，但作为梁山泊主，晁盖的能力其实是很平常的。各位看官如若不信，请接着往下看。

首先，晁盖缺乏领导力。我们先来看智取生辰纲。如果我们仔细分析一下智取生辰纲的前因后果，就不难发现，整个智取行动的核心人物其实并不是晁盖，而是吴用。为什么这么说呢？

一是，做出智取决定的人是吴用。小说第十四回，当刘唐把抢劫生辰纲的想法告诉晁盖之后，晁盖并没有马上答应，而只是泛泛地应付了一句："壮哉！且再计较。……待我从长商议，来日说话。"后来，当晁盖与吴用商量此事时，吴用就一锤定音，当场拍板道："此一事却好，只是一件，人多做不得，人少又做不得。"于是，抢劫生辰纲这样一件惊天动地的大事，就这样定了下来。

二是，安排智取人员的人是吴用。晁盖与吴用商量参与抢劫生辰纲的人员安排，吴用就对晁盖说道："宅上空有许多庄客，一个也用不得。如今只有保正、刘兄、小生三人，这件事如何团弄？便是保正与刘兄十分了得，也担负不下。这段事须得七八个好汉方可，多也无用。"晁盖道："先生既有心腹好汉，可以便去请来，成就这件事。"于是，吴用便亲自前往石碣村，力邀阮氏三兄弟入伙，从而搭成了智取生辰纲的基本班底。

三是，定下智取计谋的人是吴用。小说第十六回，晁盖与吴用等人商量抢劫生辰纲的计划。晁盖道："吴先生，我等还是软取,却是硬取?"晁盖的意思是,我们是用计谋取,还是用武力取?吴用笑道:"我已安排定了圈套,只看他来的光景,力则力取,智则智取。我有一条计策,不知中你们意否?如此,如此。"晁盖听了大喜,撅着脚道:"好妙计!不枉了称你做智多星!果然赛过诸葛亮!好计策!"

从小说的这些描写来看,晁盖对如何劫取生辰纲,心中并无计谋,也无主见。而当吴用一说出自己的计策,晁盖听了竟高兴得撅着脚大加赞赏,连连称赞吴用是个智多星,赛过诸葛亮。小说编写者在这里只用了一个"撅"字,就把晁盖得知吴用计谋后的高兴劲,表现得淋漓尽致。但是,这样的描写反过来却也恰恰说明了晁盖谋略的不足,能力的不济。

四是,实施智取行动的主导者是吴用。小说第十六回,智取生辰纲成功之后,小说曾把智取的计划作了一番解密,然后这样写道:"这个便是计策。那计较都是吴用主张,这个唤做智取生辰纲。"在整个智取生辰纲的行动中,晁盖充其量是个行动的参与者,而吴用不但策划了整个行动,而且还直接指挥并参与了这个行动。

综上所述,我们可以毫不夸张地说,在智取生辰纲的行动中,无论是起初的谋划还是最后的实施,晁盖只不过是起到了出借自己名号、免费提供开会场所以及亲自参加抢劫这样三个作用,丝毫没有体现出一个领袖的风采。

其次，晁盖缺乏洞察力。小说第十九回，晁盖他们想上梁山入伙，王伦在酒席间听得晁盖他们杀了许多官兵捕盗巡检，阮氏三兄弟又是如此豪杰等话语之后，心中生出了别样的感觉。宴席散后，王伦就特意安排晁盖他们到关下客馆内安歇。其间，晁盖对王伦的反常表现毫无察觉，不但心中欢喜，而且还扬扬得意地对吴用等人说道："我们造下这等迷天大罪，那里去安身？不是这王头领如此错爱，我等皆已失所，此恩不可忘报！"于是，容与堂本在这句话下就批了"瞎子"两个字来讽刺晁盖的愚钝。

吴用听了晁盖这一番不着边际的言语后，并不搭话，只是冷笑。晁盖问吴用何故冷笑，吴用便向晁盖详细分析了席间王伦前后不一的表情变化，并提出了下步火并王伦的计划。第二天，吴用略施小计，激怒了林冲，并以拈须为号，火并了王伦，顺利地把晁盖捧上了梁山泊的第一把交椅。可以这样说，晁盖既没有识破王伦的心思，更没有可以应对的良策，全是靠吴用在那里上上下下地张罗。

再者，晁盖缺乏指挥力。上了梁山之后，晁盖总共参加了两次军事行动。一次是去江州劫法场。作为行动总指挥的晁盖，在既不了解江州基本情况，也没有具体行动计划的前提下，就冒冒失失地带着一百来号人赶去了千里之外的江州。在整个劫法场的过程中，晁盖完全像个局外人，只顾跟着那个并不认识的李逵瞎走一气。若不是宋江的运气足够好，在白龙庙前碰到了张顺、李俊等人，晁盖他们极有可能全军覆没。

接下来的智取无为军，那个刚从法场里逃出生天的宋江，甚至就直接接过了行动的指挥权。而身为梁山泊主兼此次江州劫法场行动总指挥的晁盖，只是提了句并没有多少分量的反对意见，就再也没有什么声音了。所以，容与堂本就在晁盖那句不被宋江采纳的反对意见之下批道："不济。"也就是说，晁盖的见地实在不行。

晁盖参加的第二次军事行动是攻打曾头市。晁盖攻打曾头市，一共打了三仗。第一仗，曾头市出马的是曾魁。晁盖与众头领来到曾头市前，正在察看地形的时候，只见柳林中飞出一彪人马来，有七八百人。当中为首的那个好汉，便是曾家四子曾魁。曾魁见了晁盖等人就高声喝道："你等是梁山泊反国草寇，我正要来拿你解官请赏，原来天赐其便！还不下马受缚，更待何时！"晁盖听了大怒，回头一看，早有一将飞马来战曾魁。这个来战曾魁的战将，便是豹子头林冲。林冲与曾魁两个斗了二十余回合，曾魁觉得打不过林冲，怕有闪失，便掣枪回马跑向了柳林。林冲勒住战马，并不追赶。回到大寨后，晁盖便与众头领商议第二天攻打曾头市的策略。林冲道："来日直去市口搦战，就看虚实如何，再作商议。"林冲的话讲得很有道理，两军交战，只有知己知彼，方能取胜。所以，攻打曾头市的关键在于探明曾头市的虚实。晁盖听了，并无异议。

　　各位看官你看，晁盖在阵前听了曾魁的喝骂，只是大怒而已，并没有指挥战斗。林冲是自己出马来战曾魁的，因为敌情不明，所以没有贸然追击曾魁，只是勒马不赶。

　　第二仗，曾头市出马的是都教师史文恭、上首副教师苏定和曾家五虎。两军对阵，三通鼓罢，只见曾家阵里推出数辆陷车，放在阵前。曾涂指着对阵骂道："反国草贼，见俺陷车么？我曾家府里杀你死的，不算好汉！我一个个直要捉你活的，装载陷车里，解上东京，碎尸万段。你们趁早纳降，再有商议。"晁盖听了大怒，便挺枪出马，直奔曾涂杀了过去。众头领恐怕晁盖有失，就一发掩杀过去，两军打了一场混战。

　　小说读到这里，我们忽然觉得，这时候的晁盖好像变成了第二个秦明，第二个董平，那脾气简直是大了去了。打第一仗时，那曾魁一骂，晁盖立马就大怒。打第二仗时，那曾涂一骂，晁盖不但立马就大怒，甚至还直接挺枪出马。那林冲所提的"就看虚实如何，再作商议"的建议，早被晁盖抛到九霄云外了。这阵前的晁盖，哪有一点统帅的风范？

　　第三仗，是晁盖领兵偷袭曾头市。到了第四天，法华寺的两个和尚来晁盖寨中诈降，鼓动晁盖夜里去偷袭曾头市。晁盖见了大喜，便请两个和尚坐了，置酒相待。林冲道："哥哥休得听信，其中莫非有诈。"

和尚道："小僧是个出家人，怎敢妄语？久闻梁山泊行仁义之道，所过之处，并不扰民，因此特来拜投，如何故来掇赚将军？况兼曾家未必赢得头领大军，何故相疑？"

晁盖道："兄弟休生疑心，误了大事。今晚我自去走一遭。"

林冲道："哥哥休去，我等分一半人马去劫寨，哥哥在外面接应。"

晁盖道："我不自去，谁肯向前？你可留一半军马在外接应。"

和尚的谎话中有两层意思，不但搔到了晁盖的痒处，而且很对晁盖的胃口：一是，说晁盖他们"行仁义之道，所过之处，并不扰民"，所以深得人心；二是，说梁山泊大军压境，曾家未必能赢得胜利。所以，晁盖听了之后，不但相信了这两个和尚的诈降，而且还置林冲的建议于不顾，一定要亲自领兵去偷袭曾头市。而晁盖会轻信这两个和尚的诈降，正是他缺乏指挥力的表现。

对晁盖偷袭曾头市，容与堂本有个夹批，曰："莽。"虽然只是简简单单的一个字，却批得十分到位。余象斗本有个批语，讲得也很有道理："林教头谏晁盖，真见之明，而晁盖勇而无谋，若宋公明不致落此计矣。"

曾头市之战是晁盖亲自指挥的战斗，但是这三场仗却都打得毫无章法，以致晁盖不但打了个大败仗，而且还搭上了自己的性命。晁盖的军事指挥能力之弱，由此可见一斑。

另外，晁盖缺乏号召力。晁盖劫生辰纲的动因并不是有些论者所说的是要劫富济贫，而是只想图个快活，即"取此一套富贵不义之财，大家图个一世快活"。晁盖这种崇尚现实的处世态度，"快活第一"的人生理念，对刘唐、阮氏三兄弟这些生活在社会底层的贫苦人来说，应该是很有号召力的。但问题是，当晁盖坐上了梁山泊主的大位之后，如果他的人生理想和奋斗目标，仍然还只是停留在"论称分金银，换套穿衣服""大家图个一世快活"的层面，那么就明显地缺乏号召力了。因为自从白龙庙英雄小聚义之后，梁山头领的组成结构就发生了变化。而且，随着各路豪杰，尤其是朝廷降将的不断加盟，此时的梁山早已不是林冲火并王伦时的那个梁山了。

作为一寨之主的晁盖，此时就应该提出更加明确可行的行动纲领，更加鼓舞人心的发展目标，来统一思想，凝聚力量。可是，对于这样一个战略性的重大问题，晁盖却始终是一筹莫展，毫无建树。晁盖的所作所为，始终逃不出草莽英雄的窠臼。这，就与宋江有了天壤之别。小说第六十回，宋江权居梁山泊主位之后，发布的第一道命令就是将晁盖的"聚义厅"改为"忠义堂"，并举起了"替天行道"的大旗。这"忠义堂"的牌子一挂上，梁山泊的性质立马就发生了根本性的变化。

对晁盖的能力问题，吴用和宋江其实是早已心知肚明了的。当初七星聚义时，吴用推举晁盖为首的理由是晁盖年长，而并非其他。宋江初上梁山排座次时力推晁盖坐第一把交椅的理由，也不是晁盖能力超强，或者品德出众，而只是晁盖年长。晁盖确实是一个重情重义的好大哥，但绝不是一个能引领梁山发展壮大的好首领。金圣叹在评晁盖曾头市中箭这一节故事时，有句批语写得很好："则夫晁盖虽未死于史文恭之箭，而已死于厅上厅下众人之心非一日也。……若夫晁盖之死，固已甚久甚久也。"

至于有些人所津津乐道的，诸如"晁盖是梁山革命队伍的缔造者，是梁山革命事业的开创者"之类空洞的描述，则实在是缺乏小说情节支撑的梦呓而已。

# 谁毁灭了扈家庄

## 正杀得手顺

在梁山攻打祝家庄的战役中,扈家庄其实是有功于梁山的。扈三娘被擒后,扈成便牵牛担酒,前来向梁山泊投降。后来,在梁山攻打祝家庄的时候,扈家庄不但没有根据原先的结义之誓驰援祝家庄,反而是生擒了前来投奔扈家庄的毛脚女婿祝彪,想要送给梁山。但是,扈家庄最后还是被梁山给毁灭了。那么,梁山为什么要毁灭扈家庄呢?毁灭扈家庄的元凶又是谁呢?

小说第五十回写道:"且说李逵正杀得手顺,直抢入扈家庄里,把扈太公一门老幼,尽数杀了,不留一个。叫小喽啰牵了有的马匹,把庄里一应有的财赋,捎搭有四五十驮,将庄院门一把火烧了,却回来献纳。"

从小说的这段描写来看,毁灭扈家庄的元凶就是李逵。他不但杀了扈太公的一门老幼,而且还掠夺了庄里所有的财赋，临走时还一把火烧了整个扈家庄。这李逵的残忍，简直是到了令人发指的地步。但是，如果我们仔细阅读小说，就会发现李逵只不过是扈家庄屠庄计划的执行者。李逵的背后，其实还隐藏着一个幕后策划者。而这个幕后策划者，就是宋江。也就是说，宋江才是毁灭扈家庄的真正元凶。

我为什么会这样说呢？

首先，我们先来看看李逵去扈家庄时所走的路线。小说第五十回写道，这天的辰牌时候，只见庄兵报告说，今日宋江兵分四路，前来攻打祝家庄。于是，祝朝奉便亲自率领着一班人马，上门楼察看敌情。只见正东方向一彪人马，当先三个头领，乃是林冲、李俊和阮小二。正西方向又有一彪人马，当先三个头领，乃是花荣、张横和张顺。正南方向也有一彪人马，当先三个头领，乃是穆弘、杨雄和李逵。四面都是兵马，战鼓齐鸣，喊声大举。

战斗打响后，东路的祝龙敌不过林冲，只得飞马望庄后而来。到了吊桥边，只见后门头的解珍、解宝正在把庄客们的尸首，一个个地扔到火里去。于是，祝龙慌忙拨转马头，望北而走。正走之间，却猛然撞着了李逵，李逵抡动双斧，早砍翻了马脚。祝龙措手不及，倒撞下来，李逵上去只一斧，就把祝龙的脑袋劈翻在地。

祝彪听庄兵报告说祝家庄失守了，不敢杀回庄里去，于是直望扈家庄而来，不料却被扈成活捉了，用绳子绑缚了，解往宋江大营请功。半道上，扈成他们遇到了李逵。李逵二话不说，只一斧，就砍翻了祝彪。接着，李逵又抡起双斧，朝着扈成砍来。扈成见状，只得落荒而走，弃家逃命，投奔延安府去了。那李逵正杀得手顺，就冲进扈家庄里，把扈太公的一门老幼全都杀了。

战场上，这李逵的行动路线颇有些奇怪。其一，战斗开始之前，正南方向有三个头领，乃是穆弘、杨雄和李逵。可见，此时的李逵，应该是在祝家庄的正南面。其二，战斗打响之后，祝龙奔到祝家庄的后门头，碰见了解宝、解珍，只好望北而走，路上却撞着了李逵。可见，此时的李逵，已经运动到了祝家庄的北面。其三，祝彪兵败，逃往扈家庄，被扈成叫庄客捉了，正要解往宋江处，却在半道上遇着了李逵。可见，此时的李逵，已经运动到了祝家庄的西面，正走在去扈家庄的路上。其四，李逵砍翻了祝彪之后，就冲进扈家庄里，大开杀戒。可见，此时的李逵，已经跑到扈家庄上了。李逵给人的感觉就好像是他一个人带着一群小喽啰，在战场上漫无目的地闲逛，只是后来才偶然撞到扈家庄里去的。

何心先生看出了李逵这一行动的不合情理，于是就在《水浒研究》一书中指出："李逵乃是攻打正南的头领，后来祝龙从东路望北而走，忽然撞着了他，是李逵又在东北方面交战。后来扈成捉了祝彪，来献宋江，又撞着李逵。扈庄在祝庄之西，是李逵又在西路交战。乱军中虽然不能守住固定的地位,但是象(像)李逵这样的行踪飘忽,在同一时间内忽南、忽北、忽西,似乎也是不可能的。"何心先生认为,小说编写者对李逵行动路线的描写,显然是错误的。

事情的真相果真是这样的吗?答案显然是否定的。李逵去扈家庄并不是盲目行动的,而是预先有准确的行动路线的。李逵的行动路线,就是宋江事先勘察好的那条线路。各位看官如果不信,那我们就来看看小说第四十八回,宋江两打祝家庄这一节故事是怎样写的。小说写道,宋江领兵来到独龙冈前,勒马观望,只见祝家庄前高高竖着两面白旗,上面绣着两行大字:"填平水泊擒晁盖,踏破梁山捉宋江。"宋江看了,心中大怒,发誓不灭了祝家庄,永不回梁山。然后,宋江就留下一拨人马准备攻打前门,自己则转过独龙冈,来到祝家庄的庄后面。只见庄后是铜墙铁壁,把守得十分严整。宋江他们正在察看之间,只见正西方一彪军队,直杀过来。于是,宋江留下马麟、邓飞,把住祝家庄的后门,自己则带了欧鹏、王矮虎,分一半人马前去迎战。这个从正西方杀过来的人,正是一丈青扈三娘。

各位看官应该还记得,李家庄的管家杜兴曾经同宋江说过这样一句话:"祝家庄上前后有两座庄门:一座在独龙冈前,一座在独龙冈后。"如此,我们再来看宋江所走的勘察线路,就很有意思了。宋江先是到了祝家庄的南面,留一拨人准备攻打前门。然后,宋江就转过独龙冈,来察看祝家庄后门的防守。这时，宋江所处的位置在祝家庄的北面。接着，只见正西方向有一彪军队杀了过来。而这支军队，就是从扈家庄杀过来的。显然，从祝家庄的北门向西直行，就是扈家庄。

各位看官，现在我们回过头来看李逵的行动路线，是不是跟宋江事先勘察的那条线路惊人地一致？那么，李逵又是怎么知道这条线路的呢？答案应该是不言自明的。

我们再来看看李逵的行动目标。从小说的描写来看，李逵的行动目标简单明了，非常直接，那就是杀扈家庄的人，劫扈家庄的财。李逵在祝家庄北门杀了祝龙之后，就按照既定的行动路线，向西直奔扈家庄而去。在半路上，李逵一斧砍翻了被扈成绑了的祝彪，接着二话不说，抡起双斧，看着扈成便砍。按理说，李逵砍扈成的这一斧，实在是砍得很没来由。因为扈成在扈三娘被梁山擒获了之后，曾经牵牛担酒，在阵前求见过宋江。这对梁山来说，应该不是一件小事情，那些寨营中的梁山头领，想必都应有所耳闻。更何况这个扈成还和宋江、吴用达成了和解协议，而且在梁山攻打祝家庄时，扈家庄还认真遵守了这个协议，没有去驰援祝家庄，反而是绑了前来避难的毛脚女婿祝彪，准备来向宋江请功。

那么，问题就产生了，李逵为什么见了扈成，还要不问青红皂白地抡起双斧便砍，甚至连个招呼也不打？唯一的解释是，李逵的目的很明确，就是要杀了扈成。可以这样说，李逵这次的扈家庄之行，目的非常明确，作战的思路也非常清晰。你看，李逵到了扈家庄后，不但把扈太公的一门老幼全都杀了，而且还安排小喽啰准备了马匹，把扈家庄里所有的财赋都收拢起来，打成四五十个大包，用马驮回了营中。做了这些还不够，临撤离前，还放了一把火烧了扈家庄。

李逵的每一个行动都做得一步不差、条理清楚，反观江州劫法场时毫无目标地乱杀一气，此时的李逵完全像是换了一个人。这很难不让人怀疑屠扈家庄并不是李逵"正杀得手顺"，而是有人事先安排好的。

## 宋江的破绽

李逵杀了扈太公全家，放火烧了扈家庄之后，就跑来向宋江请功。小说第五十回写道，宋江破了祝家庄后，就正厅上坐下，众头领都来向宋江献功。这时，有人来向宋江报告道："黑旋风烧了扈家庄，砍得头来献纳。"

宋江便说道："前日扈成已来投降，谁教他杀了此人？如何烧了他庄院？"

只见李逵一身血污，腰里插着两把板斧，来到宋江面前，唱个大喏，说道："祝龙是兄弟杀了，祝彪也是兄弟砍了，扈

容与堂本《宋公明三打祝家庄》

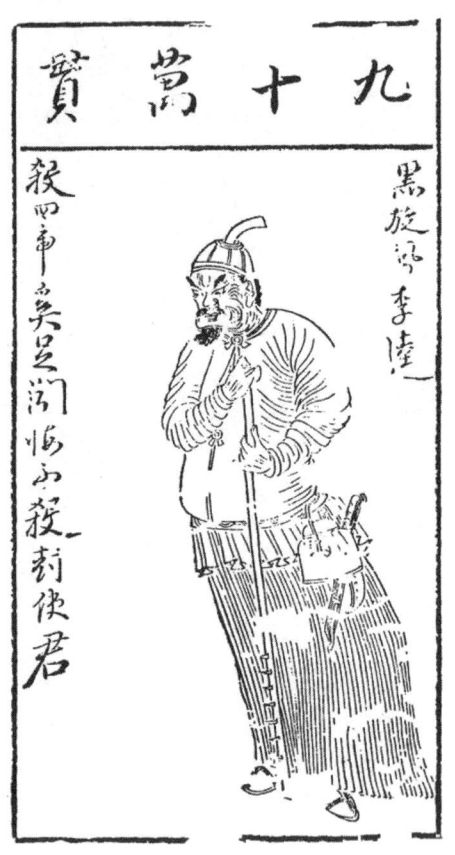

陈洪绶《水浒叶子》之黑旋风李逵

成那厮走了，扈太公一家，都杀得干干净净，兄弟特来请功。"

宋江听了喝道："祝龙曾有人见你杀了，别的怎地是你杀了？"

李逵答道："我砍得手顺，望扈家庄赶去，正撞见一丈青的哥哥，解那祝彪出来，被我一斧砍了，只可惜走了扈成那厮。他家庄上，被我杀得一个也没了。"

宋江喝道："你这厮，谁叫你去来？你也须知扈成前日牵牛担酒，前来投降了，如何不听得我的言语，擅自去杀他一家，故违了我的将令？"

李逵道："你便忘记了，我须不忘记。那厮前日教那个鸟婆娘赶着哥哥要杀，你今却又做人情。你又不曾和他妹子成亲，便又思量阿舅、丈人。"

宋江听了怒道："你这铁牛，休得胡说！我如何肯要这妇人？我自有个处置。你这黑厮，拿得活的有几个？"

李逵答道；"谁鸟奈烦，见着活的便砍了。"

宋江道："你这厮违了我的军令，本合斩首，且把杀祝龙、祝彪的功劳折过了，下次违令，定行不饶。"

李逵听了笑道："虽然没了功劳，也吃我杀得快活。"

宋江与李逵的这段对话，一问一答，看似严谨，其实却难掩其中的诸多破绽。宋江在这段对话里，到底露出了哪些破绽呢？

其一，"谁教他杀了此人？"宋江闻报说李逵烧了扈家庄，砍得头来献纳，便立刻假惺惺地说道："前日扈成已来投降，谁教他杀了此人？如何烧了他庄院？"那个前来报告的人压根就没有说李逵在扈家庄里杀了谁谁谁，扈成到底生死怎么样。但是，宋江一听说李逵在扈家庄杀了人，就不禁脱口道出了扈成的名字，还责怪李逵为什么要杀了扈成，烧了他的庄院。宋江的这句"谁教他杀了此人"，真可以说是此地无银三百两了。我们可以这样解读，扈成本来就在宋江拟定的被杀者的名单里面，所以当他一听说李逵在扈家庄里杀了人，就下意识地说出了扈成的名字。

其二，"拿得活的有几个？"到底在扈家庄杀了多少人，李逵曾连续两次向宋江作了明确的汇报。李逵第一次的汇报是："扈太公一家，都杀得干干净净。"但是，宋江紧接着问李逵道："祝龙曾有人见你杀了，别的怎地是你杀了？"于是，李逵耐着性子又回答了一遍，说道："只可惜走了扈成那厮。他家庄上，被我杀得一个也没了。"可是奇怪的是，宋江好像还是没有听明白李逵的汇报，接着还要问李逵："你这黑厮，拿得活的有几个？"宋江这样的问话，问得李逵简直有点不耐烦了，于是李逵答道："谁鸟奈烦，见着活的便砍了。"

宋江之所以要再三问清楚扈家庄的准确信息，只是想了解一下自己制订的那个屠庄计划，李逵到底执行得怎么样。除了那个从李逵板斧下面侥幸逃走的扈成，扈家庄还有没有漏网的人。宋江怕李逵在扈家庄杀人杀得不够干净。正是宋江的"拿得活的有几个"这句问话，无意之中，暴露了宋江的真实意图。

其三，"下次违令，定行不饶。"小说第四十七回，晁盖想要杀了杨雄、石秀两人，晁盖的理由很简单，"这厮两个，把梁山泊好汉的名目去偷鸡吃，因此连累我等受辱"。后来，在宋江、吴用等梁山众头领的力劝下，晁盖方才消了怒气，免了杨雄、石秀两人的死罪。小说接着写道，宋江抚谕杨雄、石秀两人道："贤弟休生异心，此是山寨号令，不得不如此。便是宋江，倘有过失，也须斩首，不敢容情。如今新近又立了铁面孔目裴宣做军政司，赏功罚罪，已有定例。贤弟只得恕罪恕罪。"可见，那梁山泊的法度应该是相当严明的。但现在李逵擅违军令，不但杀了扈太公的全家，抢了扈家庄的钱财，还放火烧了扈家庄，这罪名不知要比"把梁山泊好汉的名目去偷鸡吃"重多少。可是，宋江仅用"下次违令，定行不饶"，轻飘飘地就把这件事打发过去了。此时，铁面孔目裴宣仿佛只是个摆设，那梁山的法度也不再严如霜了。宋江为什么会对李逵网开一面呢？原因只有一个，那就是李逵所执行的正是他宋江制订的计划。

可以这样说，正是宋江与李逵对话中露出的这些破绽，充分暴露了宋江的真实意图，成了指证宋江是扈家庄屠庄计划幕后策划者的重要证据。

## 一箭三雕

那么,满口仁义的宋江,为什么要在扈家庄实施如此灭绝人性的屠庄计划呢? 宋江之所以要这样做,就是想"一箭三雕",达到这样三个目的:

首先,是为了彻底消除梁山泊的隐患。

小说第四十七回,杨雄、石秀在去梁山泊的路上,碰到了李家庄的管家杜兴。杜兴向杨雄他们介绍道:"此间独龙冈前面,有三座山冈,列着三个村坊。中间是祝家庄,西边是扈家庄,东边是李家庄。这三处庄上,三村里算来,总有一二万军马人等。…… 这三村结下生死誓愿,同心共意,但有吉凶,递相救应。惟恐梁山泊好汉过来借粮,因此三村准备下抵敌他。"

从杜兴的这番话里,我们不难看出,祝家庄、扈家庄、李家庄这三个村庄,因地理位置、村庄利益等问题,早已结成了生死同盟,想联手抵抗梁山泊。在宋江看来,这三个村庄的存在,已直接威胁到了梁山的战略安全,可以说是梁山的心腹大患。例如,宋江在与晁盖分析要不要攻打祝家庄时,就曾这样说:"我也每每听得有人说,祝家庄那厮要和俺山寨敌对。"所以,从自身的发展战略来看,梁山必须彻底清除身边的这三个安全隐患,方能高枕无忧。

其次,是为了增强梁山的实力。

小说第四十七回，宋江在与晁盖分析攻打祝家庄的理由时，曾说过这样的话："即目山寨人马数多，钱粮缺少，非是我等要去寻他，那厮倒来吹毛求疵，因此正好乘势去拿那厮。若打得此庄，倒有三五年粮食。"可见，掠夺对手的财物，增强梁山的自身实力，当是宋江出兵的重要原因。果然，宋江他们打破祝家庄后，得粮米五十万石；金银财赋，全都犒赏了三军众将；牛羊骡马等物，也都赶到山上支用。李逵屠杀了扈太公的全家之后，也急急忙忙地叫小喽啰们牵了所有的马匹，把扈家庄里一应有的财赋，捎搭有四五十驮，全都运回了寨中。宋江他们将李应赚上梁山之后，也立马把李家庄的财物全都搬上了梁山。

　　最后，是为了彻底绝了扈三娘的念想。

　　先将他人置于死地，然后再给他以一线的希望，这就是宋江赚人上梁山的惯用伎俩。宋江对秦明如此，对朱仝如此，对安道全如此，对扈三娘也是如此。小说第三十四回，宋江为了赚取秦明上山，就让人假扮成秦明，穿着秦明的衣甲头盔，骑着秦明的战马，横着秦明的狼牙棒，引着一帮清风山的小喽啰，直奔青州城下杀人放火。青州的慕容知府见秦明反了，杀了这么多的老百姓，还把青州城外烧成了一片白地，于是就杀了秦明的一家老小，并叫军士把秦明妻子的首级挑在枪上让秦明看。秦明见了是怒火中烧，而又有口难言。后来，秦明被宋江请到了清风山，宋江对秦明讲清了让人假冒秦明，并在青州城外杀人放火的原委。

宋江道："总管休怪。……叫小卒似总管模样的，……因此杀人放火，先绝了总管归路的念头。"

秦明道："你们弟兄虽是好意，要留秦明，只是害得我忒毒些个，断送了我妻小一家人口。"

宋江答道："不恁地时，兄长如何肯死心塌地？"

宋江在这里所说的"不恁地时，兄长如何肯死心塌地"这句话，不正可作为宋江为什么要在扈家庄实施屠庄计划的生动注解？宋江明白，一个人只有到了彻底绝望的境地，才会在看到那一线的希望时，紧紧地抓住不放，哪怕是非常渺茫，这样，他就会对自己言听计从。宋江既然是看上了扈三娘，想在扈三娘身上做足文章，那么他就要彻底断了扈三娘的念想，让她死心塌地地为自己所用。而宋江采取的方法就是把扈三娘的全家杀得干干净净，让扈三娘在这个世界上再也没有亲人，再也没有家，只有这样，扈三娘才会彻底认了自己的命，才会再也没有什么念想，才会死心塌地地跟着宋江上梁山。

对于这一关节，金圣叹是看得很分明的。他在李逵杀了扈三娘全家之后向宋江请功时，写下这样一句非常到位的批语："非为黑旋风快心满意，正为一丈青死心塌地也。"袁无涯本的眉批也批得很有道理："必如此扫除，扈三娘才死心作贼。"让人彻底断了念想，这既是宋江的毒辣，也是宋江的高明。

最后的事实也证明，宋江毁灭扈家庄的计划确实收到了"一箭三雕"的效果，尽管那个过程十分血腥，那个结局万分感伤。

# 吴用的心机

## 岂甘枯坐伴儿曹

吴用号称"智多星"，是梁山位居第三位的大头领。吴用的第一次出场，是在小说第十四回。小说写道："看那人时，似秀才打扮，戴一顶桶子样抹眉梁头巾，穿一领皂沿边麻布宽衫，腰系一条茶褐銮带，下面丝鞋净袜，生得眉目清秀，面白须长。"接着，又在一首《临江仙》里这样赞吴用道："万卷经书曾读过，平生机巧心灵，六韬三略究来精。胸中藏战将，腹内隐雄兵。谋略敢欺诸葛亮，陈平岂敌才能。略使小计鬼神惊。字称吴学究，人号智多星。"

从小说的这些描写来看，吴用的身上分明有着孔明先生的影子，就连吴用的道号，也叫加亮先生。吴用虽然被夸成是"谋略敢欺诸葛亮"，但真的与孔明先生比起来，吴用的格局就要小得多了，吴用只能算是一个谋求个人利益最大化的投机主义者。

陈洪绶《水浒叶子》之智多星吴用

为什么这么说呢？我们不妨一起来看看吴用的"上位"之路。

第一，吴用通过劫取生辰纲，改变了自己的人生命运。吴用原先是东溪村的教书先生，会一些武功，日子虽然过得紧巴巴的，心气却很高。小说通过这样三个细节，写出了吴用对现实生活的不甘。一是，吴用的打扮。吴用的身份是村学里的教书先生，但是他的打扮却"似秀才"。小说编写者在这里只用了一个"似"字，就写出了吴用对眼下这个教书先生身份的心有不甘。二是，吴用的铜链。铜链作为一种冷门兵器，使用的人是很少的。吴用虽然是个教书先生，但却善使一双铜链。刘唐与雷横是梁山步兵头领中排名仅次于鲁智深、武松的两位重要战将，吴用却能用一双铜链轻松隔开两人的打斗，这足以说明吴用的武功有一定的功底。这铜链未尝不是吴用梦想改变自己人生的一种寄托。三是，吴用与晁盖的关系。吴用自幼与晁盖结交，是晁盖无话不谈的知心朋友，用吴用自己的话说是"但有些事，便和我相议计较"。晁盖交游甚广，吴用耳濡目染，自然也就很懂一些江湖的规矩。

对眼下自己这种寄人篱下的生活，吴用是心有不甘的，如果有机会，吴用肯定会紧抓不放，从而一展自身抱负。小说编写者在评价吴用时这样写道："只爱雄谈偕义士，岂甘枯坐伴儿曹。"这两句诗，应该说是直指吴用的内心了。"枯坐伴儿曹"，一辈子就当个村学里的孩儿王，这哪里是深昧江湖意味的吴用所甘心的呢？所以，当晁盖告诉吴用生辰纲的消息，征求吴用意见的时候，吴用马上就做了决定，说道："此一事却好，只是一件，人多做不得，人少又做不得。"然后，吴用就替晁盖张罗起智取生辰纲的事情来，不但亲自去石碣村里劝说阮氏三兄弟入伙，在晁盖庄上制定智取的方案，而且还在黄泥冈上亲自主导了智取生辰纲这一惊天大案。

吴用之所以会对智取生辰纲这样上心，原因很简单，那就是吴用明白这生辰纲就是自己期待已久的，一个能彻底改变自己人生命运的难得机会。各位看官请注意，吴用他们劫取生辰纲，根本不是如有些论者所说的，是为了实现"劫富济贫"的崇高理想。在劝说阮氏三兄弟入伙时，吴用说得很清楚："取此一套富贵不义之财，大家图个一世快活。"而正是智取生辰纲这一事件，使吴用从此走上了一条与过往完全不同的人生之路。吴用此后的人生经历也清晰地表明，他的这一搏，是完全值得的。

第二，通过林冲火并王伦，初步确立了自己在梁山的地位。劫取生辰纲案发后，吴用果断选择了梁山作为自己的栖身之地，还同晁盖商议，如果梁山不收留他们，那就拿出一些劫来的生辰纲财物作为上梁山的晋见之礼。到了梁山之后，吴用从林冲看王伦的眼神里敏锐地捕捉到了他们两人之间不和的信息，马上就发现了一个能让自己立足梁山的绝佳机会。于是，吴用略施激将法，让林冲火并了王伦。火并王伦之后，吴用他们就推举晁盖当了梁山的一寨之主，而吴用作为夺取梁山的最大功臣，也就理所当然地坐上了梁山的第二把交椅。

吴用在梁山上找到了自己全新的人生价值，体验到了作为梁山二把手的良好感觉。在梁山上的日子，吴用过得可以说是要多逍遥就有多逍遥，要多滋润就有多滋润。但是，每当夜深人静的时候，吴用却始终无法摆脱一个梦魇般的身影，欲除之而后快。这个梦魇般的身影，不是别人，正是及时雨宋公明。

## 公明哥哥之言最好

以前读《水浒传》，读到宋江与吴用的关系时，总会有这样一个疑问：既然宋江是个"声名不让孟尝君"的知名人士，那么同在郓城县与宋江近在咫尺的吴用为什么不认识他？更何况宋江与吴用还有晁盖这样一个交集——宋江与吴用，一个是与晁盖心腹相交的结义兄弟，敢"担着血海也似干系"前来通风报信；一个是与晁盖自幼结交的心腹兄弟，"但有些事，便和我相议计较"。而且，吴用还认识宋江的同事、晁盖的朋友雷横。所以，吴用竟然不认识宋江，这不是一件很奇怪的事情吗？

小说第十八回，宋江在东溪村给晁盖一报完信，就急匆匆地赶回县里去了。吴用就问晁盖道："若非此人来报，都打在网里。这大恩人姓甚名谁？"

晁盖道："他便是本县押司呼保义宋江的便是。"

吴用道："只闻宋押司大名，小生却不曾得会。虽是住居咫尺，无缘难得见面。"

从小说的这些描写可以看出，吴用压根就没有见过宋江本人，所以要问晁盖这个大恩人是谁。但是，吴用很聪明，当他得知这个人就是大名鼎鼎的宋江的时候，马上就接着晁盖的话头自我解嘲道，他与宋江两人之所以近在咫尺而不曾相识，只是因为"无缘难得见面"。不过吴用的这种说法，值得推敲。我觉得，吴用之所以不认识宋江，根本的原因还是在于他们两人的生活圈子不同。

吴用无论是在东溪村还是在石碣村，都是村学里的教书先生。吴用所结识的，都是些生活在社会最底层的如阮氏三兄弟这样的穷苦人。宋江则不同，他不但是县衙里的押司，是知县相公跟前的红人，还是个名满山东、河北的江湖闻人。如此一来，吴用听闻宋江的大名而不认识宋江，便是情理之中的事情了。宋江与吴用两人尽管都是晁盖的朋友，但晁盖还是没有介绍他们互相认识，也就不足为奇了。

宋江东溪村报信离去后，晁盖是这样对吴用介绍宋江的："他和我心腹相交，结义弟兄，吴先生不曾得会，四海之内，名不虚传，结义得这个兄弟，也不枉了。"于是，问题就出来了。吴用之前只听闻过宋江的大名，竟然在晁盖庄上遇见了"担着血海也似干系"前来报信的宋江。林冲火并王伦后，晁盖才在梁山站稳脚跟，想要做的第一件要紧的事务，竟然是让吴用派人去郓城县送金感谢宋江的救命之恩。吴用将这两个"竟然"一联系，就不难发现原来晁盖与宋江的关系，其实是要远在于和他吴用的关系之上的。敏感的吴用就隐约感受到，宋江上了梁山必将威胁到自己在梁山的现有地位。

　　为了确保自己在梁山的既得利益，吴用就处心积虑地做了这样三件事情：一是，派刘唐月夜走郓城，想以送金为名，加害有恩于梁山的宋江，好借机除掉宋江。二是，让戴宗给江州蔡九知府送假信，以此坐实宋江私通梁山的死罪，达到借刀杀人的目的。三是，给晁盖出了一个毫无章法，根本没有考虑任何退路的江州劫法场的行动方案，让晁盖的江州之行变成一次危机四伏的盲目行动，想趁此置宋江于死地。

　　不过遗憾的是，吴用的筹谋不够也好，宋江的运气太好也罢，吴用的这些计谋最终都没有能够置宋江于死地。更出乎吴用预料的是，宋江从江州法场逃出生天之后，竟然还连带着打了无为军，杀了黄文炳。宋江这一大大出乎吴用预料的登场表现，引起了吴用的深思。吴用从宋江打无为军时所展现出来的高超的军事指挥才能，从宋江带领众多江州好汉上梁山的强大江湖号召力中，又一次敏锐地捕捉到了改变自己人生的机会。吴用觉得宋江的到来必定会改变梁山现有的权力格局，从而从根本上改变梁山的发展方向。为了巩固自己在梁山的地位，使自己在梁山的利益能够最大化，这个善于投机取巧的吴用，他又要有所行动了。吴用的行动很简单，但是效果却极好，那就是弃晁投宋。

第三，吴用通过弃晁投宋，稳固了自己在梁山的话语权。在吴用看来，晁盖领导下的梁山只是王伦时期的放大版，大家的终极人生仍旧跳不出"大块吃肉，大碗喝酒"的绿林好汉的旧窠。宋江的抱负和气度远远高于晁盖，吴用认为宋江必定会带领着梁山走向更为辉煌的未来。于是，吴用的策略便不再是对抗宋江，而是改为追随宋江。这时，杨雄、石秀两人的上山入伙，给吴用公开向宋江表露自己的心迹，提供了一个绝好的契机。

小说第四十七回，杨雄、石秀两人想上梁山入伙，但是晁盖对这两个"把梁山泊好汉的名目去偷鸡吃"的入伙者很是不屑。晁盖对杨雄、石秀的态度很明确，那就是要将他们两个推出去斩了，但宋江当场提出了反对意见。于是，吴用就旗帜鲜明地站在了宋江的一边，说道："公明哥哥之言最好,岂可山寨自斩手足之人?"

自从吴用弃晁投宋加入宋江的团队之后,宋江立即与吴用建立起了影响梁山今后战略走向的"宋吴体系"。吴用也因此成了宋江的得力军师,在三打祝家庄、两打大名府、大破曾头市等战役中,始终追随在宋江左右,立下了汗马功劳。吴用也就在这一次次的攻城略地,一次次的出谋划策中,牢固确立了自己在梁山的话语权。

"宋吴体系"的建立,让吴用感觉比在晁盖时期更加好了。但是,如果吴用就此安安心心地享受梁山这一亩三分地的快活,那他就不是吴用了。心气颇高的吴用并没有把自己局限在水泊梁山这个弹丸之地,一旦梁山的事业走上了稳步发展的轨道,吴用就与宋江一起,把目光投向了更为遥远的地方。


## 有劳恩相降临


各位看官应该知道,朝廷曾经先后三次招安梁山。但是,前两次招安均以失败告终,直到第三次宿太尉出马方才成功。而吴用在这三次招安中的言行表现,更是清晰地反映了吴用谋求自己利益最大化的投机心态。

第四,吴用通过谋求朝廷招安,进一步抬高了自己和梁山的身价。我们先来看朝廷第一次招安梁山时，吴用的表现。小说第七十五回，宋江听闻朝廷要来梁山招安的消息，大喜过望，便同众人说道："我们受了招安，得为国家臣子，不枉吃了许多时磨难！今日方成正果！"吴用听了宋江的这番话语之后，不以为然，笑着说道："论吴某的意，这番必然招安不成；纵使招安，也看得俺们如草芥。等这厮引将大军来到，教他着些毒手，杀得他人亡马倒，梦里也怕，那时方受招安，才有些气度。"

吴用的意思是，如果不向朝廷展示一下梁山的实力，就这样匆匆忙忙地接受了招安，那么肯定会被朝廷看轻。所以吴用的建议是，只有让朝廷"着些毒手"，把朝廷的军队杀得"人亡马倒，梦里也怕"的时候再受招安，才能抬高梁山的身价，显出梁山的气度。吴用对朝廷招安的态度，说穿了就是不见兔子不撒鹰。如果朝廷没有给出一个合适的价码，那么朝廷想要招安梁山，他吴用是第一个不答应的。于是，吴用排兵布局，两赢童贯，打出了梁山的气势和形象，也让朝廷看到了梁山的军事实力。

朝廷第二次招安梁山时，高俅就想利用招安诏书除掉宋江，不意被吴用识破。高俅的诡计因此未能得逞，朝廷的官军更是被梁山杀得溃不成军。

朝廷两次招安失败后，就派宿太尉前来了。对这次招安，朝廷完全改变了策略，对梁山可以说是高度重视。不但道君皇帝御笔亲书了丹诏，肯定了宋江他们的忠心，赦免了宋江他们的罪状，承诺招安后要重用梁山头领，而且还派了与梁山有着良好关系的宿太尉，亲自带着御酒、金银牌面和红绿锦缎表里，前来梁山招安。吴用见了这样的阵势，当然是心满意足了。所以，当吴用受宋江委派，前往济州城面见宿太尉的时候，态度是那样谦恭有加。吴用对宿太尉拜谢道："山野狂夫，有劳恩相降临。感蒙天恩，皆出太尉之赐。众弟兄刻骨铭心，难以补报。"

可以这样说，吴用通过招安这条捷径，终于走上了自己人生的巅峰。当吴用穿着御赐的纶巾羽服，跟着"顺天""护国"两面猩红大旗，志得意满地走在繁华的东京街头，接受着百姓军民夹道欢迎的非常礼遇的时候，不知他是否还会想起曾经在那东溪村的窘迫和挣扎⋯⋯

对吴用的评价，和尚怀林讲得还是比较到位的："至于吴用，一味权谋，全身奸诈，佛性到此，澌灭殆尽。"（见《明容与堂刻水浒传》卷首）这吴用的投机心理，说穿了就是一个智者的失智之处。

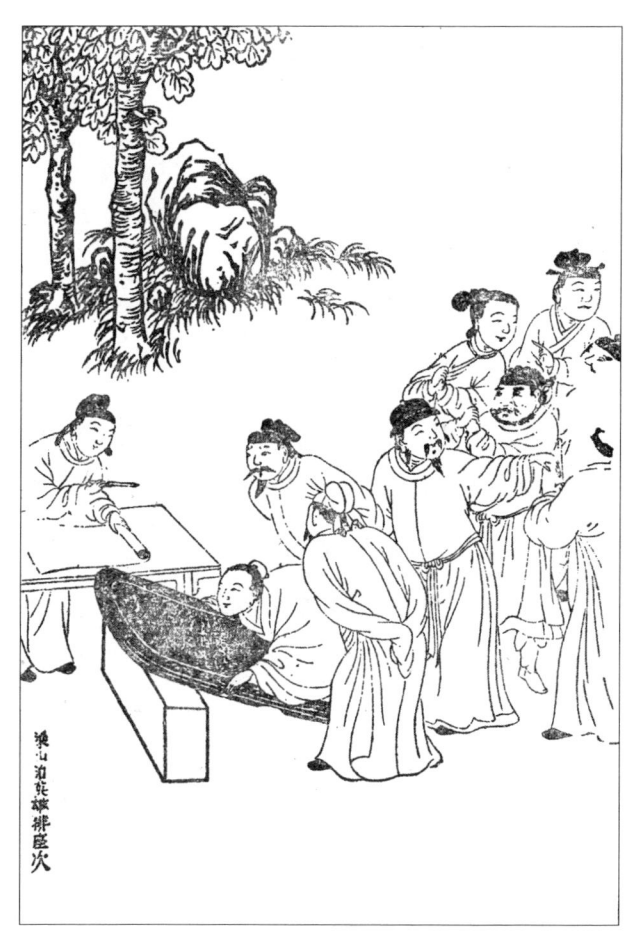

容与堂本《梁山泊英雄排座次》

# 梁山招安之谜

## 青史上留一个好名

　　招安是《水浒传》的重要情节，体现了小说编写者的创作意图，对塑造人物形象，完成小说主旨有着极为重要的作用。对小说的招安问题，历来有着诸多的说法。反对招安者，古人如金圣叹，就腰斩了《水浒传》，让它成了"断尾巴的蜻蜓"；今人则说招安是歌颂了投降。肯定招安者，古人如李卓吾，就赞宋江是"忠义之烈"，认为《水浒传》是"发愤之所作"；今人则道招安是颂扬了忠义。

　　其实，这些观点都是有失偏颇的。这些观点都或多或少地掺和了论者自己的主观意志，可以说是以小说批评者的眼光来苛求小说编写者的意图了。所以，由此得出的结论，有时就脱离了小说的本原，或是背离了小说产生的那个时代。下面，我们就从小说出发，结合水浒故事的流传，来细细品读一下小说中的招安故事，以及招安故事背后所蕴藏着的深意。

一、《水浒传》中存在反招安的斗争吗?

有种很流行的观点,说是《水浒传》在招安问题上,存在着招安与反招安的尖锐斗争,而且还举出了很多的事例来证明这个观点的正确性。其实,这样的观点是不符合小说实际,根本站不住脚的。我们先来看看持这种观点的论者所讲到的几次所谓反招安斗争。

第一次是在菊花会上,发生在小说第七十一回。忠义堂石碣受天文后,梁山英雄终于有了自己应有的位子。于是,在重阳节即将到来之际,宋江就想开个菊花会,与众兄弟们一同赏赏菊花,喝喝酒。在菊花会上,宋江乘着酒兴,作了一首《满江红》词,并让乐和当场吟唱。

《满江红》词的下半阕曰:"统豺虎,御边幅。号令明,军威肃。中心愿,平虏保民安国。日月常悬忠烈胆,风尘障却奸邪目。望天王降诏,早招安,心方足。"当乐和唱到"望天王降诏,早招安"的时候,只见武松叫道:"今日也要招安,明日也要招安去,冷了弟兄们的心!"李逵也睁圆怪眼,大叫道:"招安,招安,招甚鸟安!"只一脚,就把桌子踢起,摔成了粉碎。接着,鲁智深又说道:"招安不济事,便拜辞了,明日一个个各去寻趁罢。"于是,武松、李逵和鲁智深就被有些反招安的论者捧作是梁山反招安的中坚力量,并认为其中态度最为坚决的,就是李逵。

武松、李逵和鲁智深他们真的反招安吗？答案显然是否定的。我们先来看武松。各位看官应该记得，小说第三十二回，武松与宋江在白虎山的孔太公庄上，曾有过一番对话。当时，宋江想邀请武松同往清风寨花荣处，小住一段时间。武松道："哥哥，怕不是好情分，带携兄弟投那里去住几时！只是武松做下的罪犯至重，遇赦不宥，因此发心，只是投二龙山落草避难。……天可怜见，异日不死，受了招安，那时却来寻访哥哥未迟。"宋江道："兄弟既有此心归顺朝廷，皇天必祐。"这是整部小说中第一次提出招安的问题，而这个问题的提出者，就是武松。

　　半个月后，宋江与武松在瑞龙镇分手时，宋江对武松说道："兄弟，你只顾自己前程万里，早早的到了彼处。入伙之后，少戒酒性。如得朝廷招安，你便可撺掇鲁智深、杨志投降了。日后但是去边上，一刀一枪，博得个封妻荫子，久后青史上留一个好名，也不枉了为人一世。……兄弟，你如此英雄，决定做得大事业，可以记心。听愚兄之言，图个日后相见。"

　　那么，武松听了宋江的这一番话后，又是怎样的反应呢？小说通过这样两个细节，写出了武松对宋江这番教诲的在意。一是，宋江言毕，"武行者听了，酒店上饮了数杯，还了酒钱"。各位看官应该知道，武松最喜欢的就是喝酒，正如武松自己同施恩所说的："我却是没酒没本事。"可是，宋江叮嘱武松要"少戒酒性"之后，武松竟然只喝了几杯酒就主动去酒店里结账了。而且，从此之后，武松好像就再也没有醉酒的记录了。这说明武松是非常在意宋江的意见的。所以，武松对宋江所说的"如得朝廷招安，……日后但是去边上，一刀一枪，博得个封妻荫子，久后青史上留一个好名"的话，自然也是铭记在心的。二是，武松与宋江从酒店出来后，走到了三岔路口，"武行者下了四拜"。英雄话短情长，武松正是通过这无言的四拜，拜出了对宋江的一片尊重之心。

武松自己对招安起过心思，且对宋江的建议非常尊重，应该说没有理由要反对招安。既然武松没有理由反对招安，那么武松又为什么要说"冷了弟兄们的心"这样的话呢？其实，武松之所以会说这样的话，只是因为武松非常看重兄弟情谊，非常留恋这"八方共域，异姓一家"的兄弟生活。毕竟忠义堂石碣受天文后，这一百单八个好汉齐聚一堂的好日子，才刚刚开始没两天。宋江是懂武松的，所以听了武松的这番言语后，就对武松说道："兄弟，你也是个晓事的人，我主张招安，要改邪归正，为国家臣子，如何便冷了众人的心？"武松听了宋江的解释，也就不再言语了。

我们再来看鲁智深的态度。就宋江对武松说的这番话，鲁智深提出了不同的意见。鲁智深说道："只今满朝文武，俱是奸邪，蒙蔽圣聪，就比俺的直裰染做皂了，洗杀怎得干净？招安不济事，便拜辞了，明日一个个各去寻趁罢。"于是，宋江就借着鲁智深的话题，同众头领说道："众弟兄听说：今皇上至圣至明，只被奸臣闭塞，暂时昏昧，有日云开见日，知我等替天行道，不扰良民，赦罪招安，同心报国，青史留名，有何不美！因此只愿早早招安，别无他意。"

说实话，鲁智深的这几句话讲得是有道理的，因为他讲出了那个社会的实情，但是这番话里有两处问题：一、鲁智深认为皇帝是"至圣至明"的，只是被"奸邪""蒙蔽"了，在这样的情况下接受朝廷招安，还不如"各去寻趁"；二、鲁智深虽然提出了自己的观点，但并没有坚持自己的看法，宋江一解释，他立马就同意了宋江的说法，且再也没有对招安提出任何反对的意见。

那么，梁山众头领在听了宋江的这番解释之后，又是作何反应的呢？梁山众头领是"众皆称谢不已"，没有一个人提出反对意见。至于众头领"当日饮酒，终不畅怀"，那只是因为李逵的这一闹影响了众人喝酒的情绪，与反招安是完全不相干的。而李逵在菊花会上的所言所行，其实也不是为了反招安，而是配合宋江演了一场双簧戏。宋江之所以要与李逵演这出双簧戏，是为了立军威、明纪律，以便让梁山的好汉们能"共存忠义于心，同著功勋于国"。

所以，在梁山的菊花会上，并不存在反招安的斗争。

第二次所谓反招安斗争是在李师师家，发生在小说第七十二回。宋江以看元宵灯会为名潜入东京，想寻求招安的门路，于是就有了宋江夜探李师师这一节故事。小说写

道,宋江在李师师家喝了几杯酒后,就乘着酒兴写了一首乐府词,并递给李师师看。词曰:

"天南地北,问乾坤何处可容狂客?借得山东烟水寨,来买凤城春色。……想芦叶滩头,蓼花汀畔,皓月空凝碧。六六雁行连八九,只待金鸡消息。义胆包天,忠肝盖地,四海无人识。离愁万种,醉乡一夜头白。"

李师师看了几遍,还是不明白其意。宋江正要把"心腹衷曲之事"告诉李师师的时候,不期道君皇帝却从地道里过来了。于是,宋江就与柴进、燕青躲在暗处,商量是否就此向道君皇帝告一道招安赦书。正在这个节骨眼上,李逵却闹了起来。小说写道,杨太尉揭起帘幕,从外面走了进来,见到李逵就喝问道:"你这厮是谁?敢在这里?"李逵听了也不回应,提起一把交椅,望着杨太尉就劈脸打了过去。戴宗忙过来相救,可是哪里拦得住。只见李逵又扯下一幅画来,就蜡烛上点着,一面放火,一面把李师师家的香桌椅凳全都打得粉碎,惊得道君皇帝从地道里一溜烟地走了。李逵还不解气,褪下半截衣裳,从李师师家里出来,在街上夺了一条棒,一路打出小御街,闹了东京城。

于是,就有论者说道,李逵之所以要这样做,就是为了反对宋江的招安之举。真不知这样的话是从何说起的。如果我们细读小说,就会发现李逵这样闹的原因很简单,那就是李逵看见宋江、柴进与美貌的李师师喝酒,而自己却只能和戴宗站在门外看门，所以心里不平衡了。小说写道："却说李逵见了宋江、柴进和那美色妇人吃酒，却教他和戴宗看门，头上毛发倒竖起来，一肚子怒气正没发付处。"于是，那个推门而入的杨太尉，就莫名其妙地成了个冤大头。李逵哪里是要反对招安，他其实只是想喝酒罢了。

所以，在李师师家里，也不存在反招安的斗争。

## 朝廷忒不将人为念

第三次所谓反招安斗争是在朝廷招安的时候。第一次招安发生在小说第七十五回，朝廷为了抵御辽国入侵，想招安梁山为朝廷所用，于是就派了殿前太尉陈宗善前来梁山招安。可是，阮小七倒船偷御酒，李逵扯诏骂钦差，让朝廷的这次招安变成了泡影。于是，阮小七和李逵就成了有些论者眼里反招安的英雄。事实果真如此吗？答案显然是否定的。

小说写道，宋江得知朝廷前来招安的消息后非常高兴，不但厚赏了济州府的报信人，而且还与众头领说道："我们受了招安，得为国家臣子，不枉吃了许多时磨难！今日方成正果！"

对朝廷的这次招安，吴用、林冲、关胜、徐宁他们确实都提出了自己的意见，但并不是反对。小说写道，吴用听了宋江的话后道："论吴某的意，这番必然招安不成；纵使招安，也看得俺们如草芥。等这厮引将大军来到，教他着些毒手，杀得他人亡马倒，梦里也怕，那时方受招安，才有些气度。"吴用的意思很清楚，他不是反对招安，而是认为如果随随便便地接受了招安，那么就会被朝廷看得轻如"草芥"，只有把朝廷大军"杀得他人亡马倒，梦里也怕"了再接受招安，"才有些气度"。

至于林冲所说的"朝廷中贵官来时，有多少装么，中间未必是好事"，关胜所说的"诏书上必然写着些唬吓的言语，来惊我们"，徐宁所说的"来的人必然是高太尉门下"这些话，都是在分析这次朝廷招安的具体情况，而不是反对招安。

所以，宋江听了吴用、林冲他们的这番言语后，就说道："你们都休要疑心，且只顾安排接诏。"然后，宋江就安排了一系列的接诏事宜：一是，让宋清、曹正准备筵席，让柴进都管提调，要求务必准备得十分齐整。二是，铺设下太尉幕次，列五色绢缎，堂上堂下，搭彩悬花。三是，派裴宣、萧让、吕方、郭盛四人提前下山，在二十里外伏道迎接朝廷钦差。四是，让水军头领准备大船，傍岸接应朝廷钦差上梁山。

读到这里可能就有人要问了，既然梁山没人反对招安，那朝廷的第一次招安怎么就失败了呢？各位看官请注意，第一次招安失败的责任，不在梁山，而在朝廷。

一是，朝廷用错了人。作为身负招安重任的钦差大臣，陈太尉理应"一为国家干事，二为百姓分忧，军民除患"。可是，陈太尉领命之后做了什么呢？陈太尉不但没有认真履行朝廷招安钦差的职责，反而对蔡京、高俅这两个"奸佞之臣"唯命是从。

蔡京把陈太尉叫到太师府，说道："到那里不要失了朝廷纲纪，乱了国家法度。"

陈太尉答道："宗善尽知，承太师指教。"

高俅来陈太尉府里拜访，说道："今日朝廷商量招安宋江一事，若是高俅在内，必然阻住。此贼累辱朝廷，罪恶滔天，今更赦宥罪犯，引入京城，必成后患。……若还此贼仍昧良心，怠慢圣旨，太尉早早回京，不才奏过天子，整点大军，亲身到彼，剪草除根，是吾之愿。"

陈太尉答道："感蒙殿帅忧心。"

更为荒唐的是，陈太尉竟然把蔡京府里的张干办和高俅府里的李虞候当作了招安的得力干将，带在了自己身边。

到了济州府，太守张叔夜向陈太尉建议道："论某愚意，招安一事最好；只是一件，太尉到那里，须是陪些和气，用甜言美语，抚恤他众人，好共歹，只要成全大事。他数内有几个性如烈火的汉子，倘或一言半语冲撞了他，便坏了大事。"但是，陈太尉却对张太守的建议置若罔闻。

到了梁山之后，不但陈太尉摆谱摆得厉害，"昂昂然，旁若无人"，开读诏书时，宋江连请了四五次，方才请得上轿。那张干办和李虞候则更不像话，耀武扬威，出言不逊，用小说的原话说是"这两个男女，不知身己多大，装煞臭么"。反观梁山众人，五虎将和八骠骑"见这李虞候、张干办在宋江面前指手划脚，你来我去，都有心要杀这厮，只是碍着宋江一个，不敢下手"。所以，朝廷派陈太尉这样的人来招安梁山，如果能够成功，那才真的是见了鬼了。对此，袁无涯本的回末总评说得有点道理："小人不识时势，坏了多少事体，如张干办、李虞候者比比。"

二是，朝廷写错了诏书。各位看官应该知道，宋江他们接受招安的目的很简单，那就是要"共存忠义于心，同著功勋于国"，"平虏保民安国"。可是，朝廷诏书既没有让宋江他们成为国家臣子报效朝廷，也没有给宋江他们加官晋爵，通篇有的只是对梁山的斥责和恐吓。所以，当梁山众头领听到"诏书到日，即将应有钱粮、军器、马匹、船只，目下纳官，拆毁巢穴，率领赴京，原免本罪。倘或仍昧良心，违戾诏制，天兵一至，龆龀不留"这样的话语后，"宋江已下皆有怒色"。

李逵骂陈太尉时所说的那句话，更是说到了点子上："你那皇帝，正不知我这里众好汉，来招安老爷们，倒要做大！""做大"就是摆架子的意思，小说用一个"正不知"，一个"倒要做大"，说出了梁山众头领"皆有怒色"的真正原因。原来，梁山众头领这一怒，并不是怒在招安这件事情上，而是怒在朝廷太不尊重梁山，太不把梁山当回事。另外，李逵之所以要扯碎诏书，既不是为了反皇帝，也不是为了反招

容与堂本《黑旋风扯诏谤徽宗》

安，而只是想"把你那写诏的官员，尽都杀了"，免得"来招安老爷们，倒要做大！"至于李逵骂陈太尉时所说的"你的皇帝姓宋，我的哥哥也姓宋，你做得皇帝，偏我哥哥做不得皇帝"的言语，其实与李逵刚上梁山时所说的"晁盖哥哥便做了大皇帝，宋江哥哥便做了小皇帝"的话一样，都是李逵搅局捣乱的疯话，与所谓反招安斗争其实没任何关系。

有的看官可能就要问了，既然梁山不存在反招安的斗争，那么阮小七倒船偷御酒，李逵扯诏骂钦差，又是怎么一回事呢？如果我们细读小说就会发现，阮小七也好，李逵也罢，他们之所以会这样做，是有幕后主使人的。而这个幕后主使人，不是别人，正是军师吴用，是吴用设计并安排了这一切。那么，吴用为什么要这样做呢？吴用这样做的目的，并不是要反对朝廷招安，相反地，是为了更好地接受朝廷的招安。因为吴用觉得有作为才会有地位，只有让朝廷充分领教了梁山的厉害，才能赢得朝廷对梁山的尊重，才能争得梁山应有的位子，也只有这样，梁山的招安才能真正成功。

第一次招安失败，陈太尉一行离开了梁山之后，宋江和吴用曾有过这样一段挺有意思的对话。

宋江道："虽是朝廷诏旨不明，你们众人也忒性躁。"

吴用道："哥哥，你休执迷！招安须自有日，如何怪得众兄弟们发怒？朝廷忒不将人为念！如今闲话都打迭起，兄长且传将令：马军拴束马匹，步军安排军器，水军整顿船只，早晚必有大军前来征讨。一两阵杀得他人亡马倒，片甲不回，梦着也怕，那时却再商量。"

在这段话里，吴用一句"招安须自有日"，一句"朝廷忒不将人为念"，就点出了此次招安失败的实质。接着，吴用建议宋江要提前做好迎战准备，只有等杀得朝廷"梦着也怕"了，"那时却再商量"招安的事情，那才较为妥当。

朝廷的第二次招安发生在小说第七十九回和第八十回。第二次招安最终还是失败了，但责任依然在朝廷。

首先是高俅使诈。小说写道，高俅带着十个节度使，领着十三万人马，浩浩荡荡地前来征剿梁山。可是，高俅到了梁山之后，却接连打了两个大败仗，直吓得高俅心惊胆战，鼠窜狼奔。就在高俅无计可施的时候，朝廷第二次招安梁山的天使就到了。这就相当于把高俅放到火上烤了。如果不让朝廷天使去招安梁山，那么高俅已连折了两阵，连那些船只也全都被梁山烧毁了，显然是打不赢梁山的。如果让朝廷天使去招安梁山，万一招安成功了，那么高俅的脸面又该往哪里放？高俅怎么好意思再回京师去？

面对朝廷招安梁山的诏书，高俅是心下踌躇、左右为难。这时，平时为人"忒毒"，人称"剜心王"的济州老吏王瑾，就给高俅出了个主意，说是诏书里有个后门，可以将"除宋江、卢俊义等大小人众，所犯过恶，并与赦免"这句话分作两句来读，将"除宋江"读作一句，再将"卢俊义等大小人众，

容与堂本《十节度议取梁山泊》

容与堂本《宋江三败高太尉》

所犯过恶，并与赦免"读作另一句。等把梁山好汉都赚到了济州城里，就先杀了宋江，然后再将其他人拆散，分调开去，这样就可轻松灭了梁山。

王瑾的意思其实很简单，那就是要借招安之机，用诈术来引诱宋江他们下山听诏，然后一举剿灭梁山。心怀鬼胎的高俅听了王瑾的这番建言之后，不禁大喜过望，当即就提拔王瑾当了帅府长史。难怪容与堂本在这里忍不住要连批两个"好货"了，这高俅之"恶之至也"，可见矣。

闻焕章倒是对王瑾的建言提出了不同的意见，他对高俅说道："然虽兵行诡道，这一事是天子圣旨，乃以取信天下。自古王言如纶如綍，因此号为玉音，不可移改。今若如此，后有知者，难以此为准信。"但是，利欲熏心的高俅并没有采纳闻焕章的建议，只是简单应付道："且顾眼下，却又理会。"

然后，高俅就派人前往梁山，令宋江全伙都来济州城下，听宣天子诏敕，赦免罪犯。宋江听到这个消息后是喜从天降，笑逐颜开。卢俊义看出了事情的蹊跷，怀疑高俅会从中作祟，就对宋江说道："兄长且未可性急，诚恐这是高太尉的见识，兄长不宜便去。"但是，接受招安心切的宋江却不以为意，说道："你们若如此疑心时，如何能够归正？还是好歹去走一遭。"这时，吴用就提出了一条相机而行的两全之策：一方面，让宋江带着众头领前往济州城下听读诏书；另一方面，派李逵、扈三娘各引一彪人马，埋伏在济州东、西两路，以防不测。

事情的发展果然不出卢俊义、吴用所料，当朝廷天使按照高俅的要求读到"除宋江"这三个字的时候，吴用便看着花荣说道："将军听得么?"花荣听了，便心领神会。于是，等朝廷天使一读完诏书，花荣便大声叫道："既不赦我哥哥，我等投降则甚?"说着就搭箭拉弓，只一箭，就射中了那天使的面门。济州城下的那些梁山大小头领见了，就齐声叫道："反!"那乱箭就如雨点似的望城上射来，吓得高俅转身就逃。这时，济州城四门大开，那些早已埋伏在城里的各路官军，就一窝蜂地杀了出来。可是，那些官军只追了五六里地，就听得后军炮响，只见东有李逵，西有扈三娘，各引着兵马，杀了过来。宋江他们见了，也都回身卷杀过去。三面夹攻，直杀得官军是大败而归，死者无数。这高俅想借招安之机除掉宋江的诡计，就这样落空了。

　　其次是诏书不明。朝廷第二次招安的诏书与第一次的那份相比，虽然在语气上有所缓和了，内容却还是换汤不换药。除了表明要赦免梁山众人所谓"过恶"，让为首者"诣京谢恩"，随从者"各归乡间"之外，既没有肯定梁山的忠义之举，也没有给梁山众人一官半职的封赏，有的只是"朕闻梁山泊聚众已久，不蒙善化，未复良心"，"速沾雨露，以就去邪归正之心；毋犯雷霆，当效革故鼎新之意"之类的训斥。这朝廷的诏书与梁山的期望相比，两者之间的差距实在是太过悬殊了。

所以，把第一次和第二次招安失败的责任归咎于梁山是完全没有道理的，朝廷招安不成功也不是梁山反招安斗争胜利的结果。

　　综上所述，梁山上并不存在所谓反招安斗争，如果一定要说在招安梁山问题上存在着斗争，那也只是"素怀忠义"的梁山好汉与朝廷那些"奸佞之臣"之间的斗争，而与梁山自身无涉。


# 权借梁山水泊避难

　　下面，我们继续品读小说中的招安故事，以及招安故事背后所蕴藏着的深意。

　　二、梁山好汉对招安持什么态度？

　　梁山众头领对招安的看法是一致的，那就是想通过接受朝廷招安，来实现"平虏保民安国"的目标。

　　谋求招安是宋江一贯的执着。自从在白虎山孔太公庄上与武松谈及了招安之事，谋求招安就成了宋江所认可的上山落草后报效朝廷的最佳选择。所以，宋江无论是在瑞龙镇与武松分手时，还是后来每次劝降朝廷将领上梁山时，都把谋求朝廷招安作为最重要的谈话内容。

　　现在，我们重点讲讲宋江劝降朝廷将领的情形。小说

第五十五回，一丈青扈三娘在阵前活捉了天目将彭玘。彭玘是宋江上了梁山之后擒获的第一位朝廷将领，所以宋江对彭玘非常重视，不但亲解其缚，扶入帐中，分宾而坐，而且还对着彭玘倒头便拜。宋江这礼，施得也太重了。彭玘见了，连忙答礼拜道："小子被擒之人，理合就死，何故将军以宾礼待之？"

宋江道："某等众人，无处容身，暂占水泊，权时避难，造恶甚多。今者朝廷差遣将军前来收捕，本合延颈就缚。但恐不能存命，因此负罪交锋，误犯虎威，敢乞恕罪。"

彭玘答道："素知将军仗义行仁，扶危济困，不想果然如此义气！倘蒙存留微命，当以捐躯保奏。"

宋江道："某等众兄弟也只待圣主宽恩，赦宥重罪，忘生保国，万死不辞。"

宋江在这番话中，向彭玘表明了自己的两个心迹：一是权居水泊以避难；二是只待招安以报国。金圣叹因为不待见宋江的忠义之心，于是，彭玘对宋江所说的"当以捐躯保奏"这句话，在七十回本里就被改成了"当以捐躯报效"。这"保奏"与"报效"，虽然只是一字之差，但却是两个截然不同的概念。而宋江"某等众兄弟也只待圣主宽恩，赦宥重罪，忘生保国，万死不辞"这句非常重要的表露心迹的言语，索性就被金老先生删得无影无踪了。不过，芥子园本在宋江这句被金老先生删掉的话语下面，倒有个公道的批语：

"说得真真切切，妙。"

后来，每逢朝廷将领被俘，宋江总是以"权借梁山水泊避难，专等朝廷招安，与国家出力"这样的理由，来表明梁山的立场，劝这些将领暂上梁山，以便一同替天行道，等朝廷招安之后，再全忠仗义，忠君报国。比如小说第五十六回，徐宁被汤隆、时迁等赚到梁山后，宋江就劝徐宁道："现今宋江暂居水泊，专待朝廷招安，尽忠竭力报国；非敢贪财好杀，行不仁不义之事；万望观察怜此真情，一同替天行道。"比如小说第五十八回，呼延灼中计被俘，宋江亲自将呼延灼扶到中军帐里坐定，拜道："小可宋江怎敢背负朝廷？盖为官吏污滥，威逼得紧，误犯大罪；因此权借水泊里随时避难，只待朝廷赦罪招安。"接着，宋江还对呼延灼说道："倘蒙将军不弃山寨微贱，宋江情愿让位与将军；等朝廷见用，受了招安，那时尽忠报国，未为晚矣。"

比如小说第六十五回，索超中计被擒，宋江就置酒相待，并好言抚慰道："你看我众兄弟们，一大半都是朝廷军官，盖为朝廷不明，纵容滥官当道，污吏专权，酷害良民，都情愿协助宋江，替天行道。若是将军不弃，同以忠义为主。"比如小说第七十七回，卢俊义活捉了酆美之后，宋江同酆美赔话道："宋江等本无异心，只要归顺朝廷，与国家出力，被这不公不法之人逼得如此，望将军回朝，善言解救。倘得他日重见恩光，生死不忘大德。"酆美拜谢了宋江的不杀之恩，登程下山，宋江就派人一路把郾美送出了梁山地界。如此等等，不一而足。

我们从宋江对朝廷降将的这一次次劝说剖白中，可以清晰地看出宋江那份期盼朝廷招安，以便忠君报国的忠义之心，是多么地坚定，多么地执着。这里需要特别指出的是，宋江对朝廷降将的这一次次劝说剖白，并不是藏着掖着与降将两个人之间说的私密话，而是当着众多梁山头领的面，在大庭广众之下讲的公开话。这一点非常重要，宋江这样做，既表明了宋江期望朝廷将领上梁山的情之深，也表明了宋江"望天王降诏，早招安"的心之切，更表明了宋江统一梁山众头领思想的意之重。

## 皆不忘君赐也

谋求招安是宋江一贯的执着，那么，梁山其他头领对此又是怎样的态度呢？实际上，梁山众头领都是认可招安路线的。

首先，晁盖是认同招安的。一般论者在谈及梁山的招安问题时，都没有讲到过晁盖对招安的看法。有的看官在读《水浒传》时，往往也会忽略晁盖对招安的态度。所以大家就会有种错觉，好像晁盖跟招安是没有什么关系的。事实并非如此，其实晁盖是认同并支持招安路线的。

小说中有两个细节，写出了晁盖对招安的态度。

一是，晁盖对彭玘的态度。小说第五十五回，宋江向彭玘表明了自己谋求朝廷招安的心迹之后，当天就派人将彭玘送到了大寨，让他与晁盖相见。小说没有具体写彭玘与晁盖见面时的情形，但是几天后彭玘见到被梁山俘虏的凌振时所说的那番话，却很能说明问题。彭玘当着晁盖与宋江的面，劝凌振道："晁、宋二头领，替天行道，招纳豪杰，专等招安，与国家出力。既然我等到此，只得从命。"彭玘为了劝降凌振，就抬出了晁、宋两位头领的名头，说是"专等招安，与国家出力"。晁盖听了彭玘的这番言语之后，不但没有表示任何异议，反而还传令安排筵席，庆贺凌振的上山入伙。据此，我们可以这样说，虽然晁盖没有在公开场合明确表示过支持招安的意思，但是晁盖的内心还是认同并支持宋江的招安路线的。否则，彭玘的话就不会说得这么肯定，而晁盖听了之后，也不会认同彭玘的说法了。

二是，晁盖对宋江的态度。小说第五十六回，宋江为了劝徐宁上梁山，就对徐宁说了"现今宋江暂居水泊，专待朝廷招安，尽忠竭力报国"这样一番话。当时，晁盖就站在宋江的旁边。小说写道，宋江言毕，"晁盖、吴用、公孙胜，都来与徐宁陪话，安排筵席作庆"。可见，晁盖对宋江劝降徐宁的理由，也没有提出不同的意见。

那么，晁盖为什么会认同招安的路线呢？各位看官应该还记得,早在小说第四十七回,杨雄、石秀上梁山时,晁盖就曾说过这样的话:"俺梁山泊好汉,自从火并王伦之后,便以忠义为主,全施仁德于民。"这是晁盖在当了梁山泊主之后,第一次公开提出"以忠义为主,全施仁德于民"的观点。晁盖毕竟不同于那个一心只想守着梁山一亩三分地的王伦,他还是有抱负的。晁盖的抱负,就是想把梁山打造成"忠义""仁德"的道德高地。只不过令人遗憾的是,晁盖的能力实在是太不济了,这份雄心最后只能沦为空洞的口号。但不管怎么说,晁盖的那份忠义之心还是不能被否认的。所以,宋江上了梁山之后,尽管自己被宋江架空了,但是晁盖对宋江所推行的招安路线还是认同并支持的。

其次,谋求朝廷招安,是梁山众头领的普遍共识。一是,梁山众头领是支持招安的。武松、李逵、鲁智深对招安的态度,我们已在前文分析过了。这里,我们再举两个有代表性的例子。

一个是戴宗,他是与宋江一同上梁山的资深头领。小说第四十四回,戴宗在蓟州劝石秀上梁山时,两人有过这样一段对话。

戴宗道:"小可两个因来此间干事,得遇壮士。如此豪杰流落在此卖柴,怎能够发迹?不若挺身江湖上去,做个下半世快乐也好。"

石秀道:"小人只会使些枪棒,别无甚本事,如何能够发

208

达快乐!"

戴宗道："这般时节认不得真，一者朝廷不明，二乃奸臣闭塞。小可一个薄识，因一口气去投奔了梁山泊宋公明入伙，如今论秤分金银，换套穿衣服，只等朝廷招安了，早晚都做个官人。"

戴宗的言下之意很明白，那就是眼下"朝廷不明"，"奸臣闭塞"，所以不妨先上梁山过过"论秤分金银，换套穿衣服"的潇洒日子，等以后受了朝廷招安，"早晚都做个官人"，那时报效朝廷也未为迟。

一个是单廷珪，他是新上梁山的朝廷降将。小说第六十七回，单廷珪来中陵县劝降魏定国。单廷珪说道："如今朝廷不明，天下大乱，天子昏昧，奸臣弄权，我等归顺宋公明，且居水泊。久后奸臣退位，那时去邪归正，未为晚矣。"单廷珪的劝降理由很简单，那就是眼下"朝廷不明"，"奸臣弄权"，所以还是"且居水泊"为好，等日后"奸臣退位"了，那时可再"去邪归正"。一番话，说动了魏定国的心。

由此可见，无论是戴宗这个资深头领，还是单廷珪这个梁山新人，他们对招安的观点都是一致的，那就是"且居水泊"，"只等朝廷招安了"，"那时去邪归正"，报效朝廷，也"未为晚矣"。

二是，宋江欲建罗天大醮时，梁山众头领都是支持的。各位看官知道，小说第七十一回，宋江欲建罗天大醮有三个目的，其中，第二个目的就是"惟愿朝廷早降恩光，赦免逆天大罪，众当竭力捐躯，尽忠报国，死而后已"。梁山众头领听了之后，又是怎样的态度呢？小说写道，"众头领都称道：'此是善果好事，哥哥主见不差。'"可见，包括武松、李逵和鲁智深在内的梁山众头领，全都一致赞同宋江的招安想法，没有一个是反对的。

三是，宋江对天盟誓时，梁山众头领里也没人反对。梁山英雄排定座次以后，宋江就拣了个吉日良时，焚一炉香，鸣鼓聚众，把众位头领都请到了忠义堂上。宋江说道："今日既是天罡地曜相会，必须对天盟誓，各无异心，死生相托，患难相扶，一同保国安民。"梁山众头领听了，全都大喜，各人拈香已罢，就一齐跪在了忠义堂上。

宋江为首誓曰："自今已后，若是各人存心不仁，削绝大义，万望天地行诛，神人共戮，万世不得人身，亿载永沉末劫。但愿共存忠义于心，同著功勋于国，替天行道，保境安民。神天鉴察，报应昭彰。"宋江誓毕，众头领全都"同声共愿"，"歃血誓盟"。宋江这"共存忠义于心，同著功勋于国，替天行道，保境安民"的誓言，应该是菊花会上那首《满江红》词意的另一种说法。包括武松、李逵和鲁智深在内的梁山众头领，不但没人反对，反而是"同声共愿"。对此，袁无涯本的眉批说得很有道理："改邪归正，愿受招安之意，须于此时约誓得彰明真挚，后便不烦多言。"

四是，梁山全伙受招安时，众头领都是欣然接受的。小说第八十二回，对朝廷的第三次招安，宋江欣喜的态度自不必说，我们这里只说说梁山众头领的表现。当宿太尉一行前来梁山颁诏时，只见山棚结彩，香烟拂道，宋江、卢俊义跪在前面，众头领齐刷刷地跪在后面，迎接朝廷恩诏。这时，梁山众头领中没有一个是不跪的。萧让读罢招安丹诏，宋江等众头领山呼万岁，再拜谢恩。这时，梁山众头领中没有一个是不拜的。宿太尉取过金银牌面、红绿锦缎，令裴宣依照名单赐给众位头领。这时，梁山众头领中没有一个是不接的。宿太尉打开御酒，将酒倒在酒海里，就堂前温热了，赐给众位头领。这时，梁山众头领中没有一个是不喝的。宿太尉讲明此次招安委曲，要求众头领早早收拾朝京，休负了天子的宣召抚安之意。这时，梁山众头领中没有一个是不喜的。

　　当日筵宴，宿太尉居中上坐，堂上堂下众头领依次就位，轮番把盏。这天，梁山众头领中没有一个是不醉的。次日又排宴席，宿太尉与梁山众头领各倾心露胆，讲说平生之怀。这时，梁山众头领中没有一个是不开怀的。第三日，请宿太尉游山，然后再排席面，至暮尽醉方散。这时，梁山众头领中没有一个是不尽心的。宿太尉临走之前，宋江又会集大小头领，尽来集义饮宴。对宿太尉此次的招安之行，梁山众头领中没有一个是不称谢的。宿太尉起程回京，梁山大小头领金鼓细乐相送下山，渡过金沙滩，俱送过三十里外。然后，众皆下马，与宿太尉把盏饯行。这时，梁山众头领中没有一个是不来送行的。

梁山买市十日之后，宋江他们就打起"顺天""护国"两面猩红大旗，进京朝觐。东京百姓军民，扶老挈幼，沿路观看，如睹天神。道君皇帝在宣德楼上，见了这一身戎装、英姿勃勃的梁山大军，心中大悦，与百官说道："此辈好汉，真英雄也！"这时，梁山众头领中没有一个是不自豪的。道君皇帝在文德殿召见梁山众头领，然后大排御筵，亲御宝座陪宴。这时，梁山众头领中没有一个是不谢恩的。

小说编写者在这里还特意写了一个细节，来表现梁山众头领受招安后的神圣感。小说写道，宋江他们上朝拜见道君皇帝时，全都"穿了御赐红绿锦袍，悬带金银牌面，各带朝天巾帻，抹绿朝靴。惟公孙胜将红锦裁成道袍，鲁智深缝做僧衣，武行者改作直裰，皆不忘君赐也"。"皆不忘君赐也"，当是梁山众头领接受朝廷招安后的普遍心态。各位看官应该还记得，鲁智深是在八月十五日夜圆寂于杭州六和寺的。鲁智深在圆寂前，专门烧汤洗浴，换了一身御赐的僧衣。鲁智深这一换穿御赐僧衣的举动，不正表明了鲁智深不忘君赐的心迹？

而李逵则更有意思。小说第九十三回，李逵做了一个梦，梦见自己又来到文德殿见到了皇帝，李逵端端正正地朝皇帝拜了三拜，拜毕，还为自己少拜了一拜而不安。当听说皇帝要封自己为值殿将军，李逵高兴得一连磕了十几个头。而李逵当着皇帝的面所杀的，也只是蔡京、童贯、杨戬、高俅这四个贼臣，并不是皇帝，抑或是他人。虽然只是黄粱一梦，但是从中亦可见李逵真实的内心。所以，袁无涯本此回的回末总评会这样批道："浮生若梦。人人都做富贵梦，谁似李逵做忠孝梦？"我们再把镜头往回放，小说第四十三回，李逵回沂水老家搬取母亲上梁山时，谎称自己已做了官，是来接母亲去快活的。李逵这谎称自己已做官的言语，是不是说得挺有意思的？

综上所述，如果要说梁山众头领反对招安，那是没有任何道理，任何根据的。还是小说里的那首诗写得好，诗曰：

"一封恩诏出明光，伫看梁山尽束装。知道怀柔胜征伐，悔教赤子受痍伤。"


## 大书黄纸飞敕来

各位看官，我们继续品读小说中的招安故事，以及招安故事背后所蕴藏着的深意。

三、《水浒传》为什么要写招安情节？

（一）从历史记载来看，接受招安反映了两宋社会的普遍心态，是草泽英雄报效朝廷的最佳路径。

据统计，在二十四史中，"招安"一词出现最多的就是两宋时期。宋太宗时的宦官王继恩，就曾为平复王小波、李顺起义而出任过"两川招安使"。何竹淇先生《两宋农民战争史料汇编》辑录的各类武装反抗活动有433次，而其中稍有规模的，近三分之一都接受了朝廷的招安。南宋初年，韩世忠就在平定了建州范汝为武装后，把他们全都带上了抗金前线。

鲁迅先生在《中国小说史略》中指出："宋代外敌凭陵，国政弛废，转思草泽，盖亦人情。"靖康之耻、南宋偏安的现实，让时人把匡复宋室的希冀转向了草泽，他们期望草泽英雄能够出来"助行忠义，卫护国家"。于是，接受招安，尽忠为国，自然也就成了人们心目中草泽英雄的理想归宿。这也就是《水浒传》所写的："如何廊庙多凶曜，偏是江湖有救星。"而王望如本第四十四回的回末总评，也从一个侧面道出了招安的实情："当时不思做官而思做贼者，只因朝廷招安，则小贼做小官，大贼做大官，故李逵归家背母，竟说铁牛做官，非欺母也。"

因此，在那个动荡的时代，"忠义军""忠义民""忠义人"之所以会受到社会的普遍认同，"忠义"之所以会成为当时社会公认的主流价值观念，也是情理之中的事情了。

（二）从水浒故事的流传来看，招安是水浒故事的固有情节。

对《水浒传》的成书问题,胡适先生《水浒传考证》认为:"《水浒传》不是青天白日里从半空中掉下来的,《水浒传》乃是从南宋初年(西历十二世纪初年)到明朝中叶(十五世纪末年)这四百年的'梁山泊故事'的结晶。"鲁迅先生在《中国小说史略》中也指出:"然宋江等啸聚梁山泺时,其势实甚盛,《宋史》(三百五十三)亦云'转略十郡,官军莫敢撄其锋'。于是自有奇闻异说,生于民间,辗转繁变,以成故事,复经好事者掇拾粉饰,而文籍以出。……意者此种故事,当时载在人口者必甚多,虽或已有种种书本,而失之简略,或多舛迕,于是又复有人起而荟萃取舍之,缀为巨袟,使较有条理,可观览,是为后来之大部《水浒传》。"可见,《水浒传》是历史生成的,而小说中的招安情节,则是历代水浒故事里的核心故事。

关于宋江受招安的最早记录,目前可知的当属北宋李若水的《捕盗偶成》。李若水的这首诗里写道:"去年宋江起山东,白昼横戈犯城郭。杀人纷纷翦草如,九重闻之惨不乐。大书黄纸飞敕来,三十六人同拜爵。狞卒肥骖意气骄,士女骈观犹骇愕。"在诗里,李若水描写了宋江从起事山东,烧杀抢掠,到接受朝廷招安,拜官晋爵,然后入城接受检阅的整个过程。对这首诗,有两个问题颇值得我们注意:

一是,招安后的拜爵问题。在诗中,宋江他们一接受招安,就拜爵授官了。这与《水浒传》所写的招安后除宋江、卢俊义得了个破辽都先锋、副先锋的空职,而其他头领俱是白身的结果,是明显不同的。

二是,李若水对招安的态度问题。李若水诗里还写道:"我闻官职要与贤,辄啖此曹无乃错。招降况亦非上策,政诱潜凶嗣为虐。不如下诏省科徭,彼自归来守条约。"可见,李若水对招安是持否定意见的,他认为招安并非"上策",如果要从根本上解决匪盗横行的社会问题,关键还是要降诏"省科徭"。

宋元史书对宋江的招安问题,也多有记载。《宋史·徽宗本纪》云:"淮南盗宋江等犯淮阳军,遣将讨捕。又犯京东、江北,入楚、海州界。命知州张叔夜招降之。"《宋史·张叔夜传》云:"宋江起河朔,转略十郡,官军莫敢婴其锋。声言将至,叔夜使间者觇所向,贼径趋海濒,劫巨舟十余,载卤获。于是募死士得千人,设伏近城,而出轻兵距海,诱之战。先匿壮卒海旁,伺兵合,举火焚其舟。贼闻之,皆无斗志,伏兵乘之,擒其副贼,江乃降。"从这些史料来看,宋江他们是勇悍狂侠,"转略十郡,官军莫敢婴其锋",后来因兵败被困,不得已才接受了张叔夜的招安。

《大宋宣和遗事》写道:"宋江统率三十六将,往朝东岳,赛取金炉心愿。朝廷无其奈何,只得出榜招谕宋江等。有那元帅姓张名叔夜的,……前来招诱宋江和那三十六人归顺宋朝,各受武功大夫诰敕,分注诸路巡检使去也。……后遣宋江平方腊有功,封节度使。"在《大宋宣和遗事》里,宋江已摇身一变,俨然成了一个胜券在握的英雄,不但朝廷主动"出榜招谕宋江等",而且,接受招安后的梁山好汉们"各受武功大夫诰敕,分注诸路巡检使去也"。而宋江本人,更是因后来"平方腊有功,封节度使",成了一个功勋卓著的朝廷功臣。

虽然在《大宋宣和遗事》里,宋江他们仍要下山去"略州劫县,杀人放火","劫掠子女玉帛"。但是,宋江身上龚开在《宋江三十六赞·序》里所写的那"与之盗名而不辞,躬履盗迹而无讳"的"盗跖"形象,已经在逐渐淡化了,取而代之的,则是宋江内心那份勃勃燃烧的忠义之情。所以,在《大宋宣和遗事》里,我们可以读到天书"一朝充将领,海内耸威风"的诗句,看到九天玄女"使呼保义宋江为帅,广行忠义,殄灭奸邪"的要求,听到晁盖"须是助行忠义,卫护国家"的嘱咐,看见宋江接受朝廷招安后平方腊、封节度使的辉煌。

元人陆友《杞菊轩稿·题宋江三十六人画赞》也写到了宋江受招安的事情。诗曰:"睦州盗起蹂连城,谁挽长江洗兵马。京东宋江三十六,白日横行大河北。官军追捕不敢前,悬赏招之使擒贼。后来报国收战功,捷书夜奏甘泉宫。"

从陆友诗中,我们可以清晰地读出这样两个不争的事实:一是,"谁挽长江洗兵马""悬赏招之使擒贼"等诗句,写出了宋江他们受招安后擒方腊的忠君之举。二是,"后来报国收战功,捷书夜奏甘泉宫"等诗句,写出了宋江他们"统豺虎,御边幅""平虏保民安国"的报国之心。而那征辽报国的故事,简直就要呼之欲出了。

于是,到了元明间无名氏《梁山七虎闹铜台》杂剧里,吴用就唱道:"有一日圣明主招安去,扫蛮夷,辅圣朝,麒麟阁都把名标。"宋江则说得更加具体:"安邦护国称保义,替天行道显忠良,一朝圣主招安去,永保华夷万载昌。"而元明间无名氏《宋公明排九宫八卦阵》杂剧,甚至就直接写了宋江他们抗击辽国的故事。

综上所述,招安是历代水浒故事的固有情节,是塑造宋江形象的重要环节。随着宋、元、明三朝社会风云的急剧变幻,社会思潮的不断融入,水浒故事对招安情节的描写也在不断深化,不断丰富。宋江那全忠仗义,忠君报国的忠义形象,也就随之日益丰满,逐渐成形了。

(三)小说对招安故事做了独创性的改造,从而极大地深化了小说的主旨。

首先,让宋江在梁山事业最辉煌的时候委曲求全,主动谋求朝廷的招安。《水浒传》里的招安,是宋江在"两赢童贯""三败高俅"的大好形势下主动谋求的招安,这就与《宋史·张叔夜传》里的因兵败被困而被迫接受的招安,与《大宋宣和遗事》里的朝廷出榜招谕,张叔夜招诱归顺的招安,有了质的区别。

张锦池先生在《水浒传考论》中指出：宋江前后五次"钻刺关节"，谋求朝廷招安，"显然是要说明：宋江虽历经种种磨难，但忠于宋室之心始终不二，可以委曲求全，可以忍辱负重，真是'臣心一片磁针石，不指南方誓不休。'"此论甚是。宋江越是在梁山形势一片大好的情况下，越要主动谋求招安，以实现自己全忠仗义、忠君报国的人生目标，《水浒传》对招安背景这一别具匠心的改造，就写出了宋江的忠义之烈，报国之切。

其次，让宋江在接受招安后"竭力捐躯，尽忠报国"，但最后却难逃"奸佞之臣"的毒手，只得饮鸩而亡。《水浒传》对宋江受招安后的结局，做了这样三个别具匠心的安排：

一是，梁山受招安后朝廷只授宋江为破辽都先锋，卢俊义为副先锋，其余众头领均为白身。这样就与李若水《捕盗偶成》和《大宋宣和遗事》里梁山一受招安，就全伙拜爵封官的情况，完全不同了。

二是，梁山受招安后即征辽，但征辽开篇所写的，却是宋江滴泪斩军校的故事。这样就与《宋史·徽宗本纪》《宋史·张叔夜传》里所记的宋江受招安后不知所终的情况完全不同了，而陈桥驿特殊的地名，又会让人产生无穷的联想。

三是，梁山受招安后，"平虏保民安国"，为朝廷立下了汗马功劳，但宋江最后却难逃"奸佞之臣"的毒手，只得饮鸩而亡。这样就与《大宋宣和遗事》里所写的宋江因平方腊有功而封节度使的煊赫结局,完全不同了。

"千古蓼洼埋玉地,落花啼鸟总关愁。"《水浒传》对招安结局的这一改造,既写出了宋江"宁可朝廷负我,我忠心不负朝廷"的忠之烈,也写出了奸佞之臣"屈害忠良","变乱天下,坏国,坏家,坏民"的恶之深,从而深刻反思了"宋何以亡"的根源,在客观上对那个"太平本是将军定,不许将军见太平","大贤处下,不肖处上"的"冠屦倒施"(李卓吾语)的社会提出了尖锐的批评,在本质上揭示了那个社会的残酷和血腥。

这,就是《水浒传》如此写招安的意义所在。

容与堂本《徽宗帝梦游梁山泊》